極楽飯店

雲黒斎

小学館

極楽飯店

デザイン　三木俊一

施し散らして、なお富みを増す人があり、
与えるべきものを惜しんで、かえって貧しくなる者がある。
物惜しみしないものは富み、人を潤す者は自分も潤される。

箴言　第十一章二十四・二十五節

もくじ

第一章

門

目が覚めた。まだ朦朧《もうろう》としていたが、しばらくすると見慣れたスーツを着たまま突っ立っている自分に気がついた。

――立ったまま、寝ていたのか？

一体どういう状態で眠りについていたのだろう。それどころか、ここがどこなのかもわからない。いつの間にか俺は、見覚えのない場所に立っていた。それに…。なぜだ、雨が降っているわけでもないのに全身ずぶ濡れになっている。

目の前に見えるのは、脇からひょいと妖怪でも出てきそうな、深い霧に包まれた森の一本道。そこに、大勢の人間が一列に並び、同じ方向に向けて歩みを進めている。

道は石造りの階段に続き、その向こうには、鳥居に似た巨大な赤いゲートと神々しさを放つ神社か仏閣のような建物があった。列に並ぶ者は皆、そこを目指しているようだ。誰かに誘導されているわけではないが、そこに向かう以外の道がない。後ろを振り返っても、延々と並ぶ人の列しか見えなかった。

じりじりと進む列の中、じれったさに負け、前にいたパジャマ姿の男に声をかけた。

「じいさん、ここは一体どこだ。この行列はどこに向かっている?」

老人はゆっくりと振り返った。

「なんだ。あんた、自覚がないのかい」

自覚? 一体何のことだ。

「死んだんだよ、あんたも、ワシも。ここにいる全ての人が死を迎えた者たちだよ。どうやらあの建物が、あの世への入り口らしい」老人は赤いゲートの先にある建物を指差した。

あの世の入り口? 思わず吹き出して「気は確かか」と切り返したが、老人は「お前こそ」と言わんばかりの真顔で話を続けた。

「正気もなにも、ワシは確かに家族に看取られてここへ来たんだ。家族が取り囲む病院のベッドの中にいたが、気づいたときにはここにいたんだよ。半年ほど前から入院していてね、ほんのついさっきまで、身体中が管だらけだったんだ。そろそろお迎えが来る頃だろうとは思っていたんだがね…。結局、誰かが出迎えることはなかったな。いつの間にかここに並んでいたんだ」

「なぁじいさん。あんた死んだって言ってるけど、俺はこの通り息もしてるし、ほら、手首を触れば脈だって感じるぞ」

「いや、じつはワシも不思議に思っていたんだ。これは一体、どういうことなんだろうね?」

老いぼれに声をかけたのが間違いだったろうか。相当ボケが回っているようだ。「突然声をかけて悪かったな」一言添えて会話を終えた。

まだ夢の中にいるのかと思い、自分の頬をつねってみたが、どうやら夢ではなさそうだ。痛みもいつも通りに感じるし、自分では確認できないが頬はたぶん赤く染まっていることだろう。

ここがどこなのか、何が起こっているのか。結局何もわからないまま、ただ、ゆっくりと進むその流れの中を歩くしかなかった。

ゲートを過ぎて石段を登り終えると、ようやく建物の中の様子が見えてきた。

目の前にある光景にぎょっとした。

身の丈三メートルはあろうかという巨大な男が、いや、男と言っても、人間とは思えない。皮膚は爬虫類を思わせる深い緑色で、額には気色の悪い隆起がある。どこかで見たことがあるような気がして記憶をたどると、法隆寺で見た金剛像が思い出された。

その正体がなんであれ、とにかくその何かが、建物の入り口付近に見えるカウンター越しで何かの受付をしている。

列に並んでいる人間は、そこで少しの会話をし、話を終えると、その先にあるドアを開けて建物の中へと入っていった。

俺は、いま目の前にある状況の意味を理解しようと必死に考え、しばし長考した後にようやく納得のいくキーワードを探り当てた。

――閻魔《えんま》

まさか、という言葉が口元まで出つつも、そのキーワードは確信へと変わっていた。

そうか、やはり俺は本当に死んだらしい。そして、どうやらここで、あの化け物の口からあの世の行き先を告げられるのだ。

——だとしたら…地獄行き決定だな。

自分の人生を振り返り、閻魔の答えを聞くまでもなく行き先は決まっていると確信した。

まさか死後の世界が本当にあろうとは思いもしなかったが、こうなったら腹をくくるしかない。どれだけきつい懲罰を受けねばならないのかは想像もつかないが……。


「は〜い、お待たせ〜。次、タクちゃん。ほらタクちゃん、君の番だって、聞こえてるかい？　峰岸琢馬《みねぎしたくま》く〜ん」

閻魔は拍子抜けするような軽い調子で手招きする。目が合うとニコリと笑った。

「はい、いらっしゃい。峰岸琢馬くん三十九歳。生前は…指定暴力団極竜会幹部。あぁ、そうそう、ヤクザさんだ」

閻魔はニタニタしながら、しばし手元の資料を確認した。何枚かのファイルに目を通し終えると一番上の紙をパチンと弾いて顔を上げ、静かに話を続けた。

「タクちゃんは、なぜここにいるかわかっているかい？」

「は？」

「いや、だからね、自分がどういうふうに死んだかを覚えてるかって訊《き》いてるの」

「い、いや。気づいたらここにいた…。やっぱり、俺は死んだのか」

「ふむ。じゃ、教えてあげるね。あのね、君、殺されちゃったんだ。ここに来る直前、仲間とつるんで美人局《つつもたせ》してたでしょ？」

あぁ、やっぱり全部バレている。

「で、実行のあと、お金の分配が原因で仲間ともめたことは覚えてる？」

確かにそれなりの覚えはあった。とはいっても、そこまで話がこじれた記憶はない。実行犯となった池上がブツブツ文句を言っていたが、一応話はついたはずだ。

「その数日後にね、仲間の…えーと、池上くんに闇討ちされたんだね。キミがベロベロに酔っぱらってるときにクロロホルムを嗅がされて、で、意識がなくなった状態のまま車の運転席に乗せられ、その車ごと海に沈められて…と、そういうことで、死因はどうやら水死みたいだね。だから、全身がビショビショなんだよ。きっと、池上くんは飲酒運転での事故に見せかけたかったんじゃないかなぁ」

閻魔は妙に馴《な》れ馴れしい口調で死因をそう伝えた。

「君がどう思ってるかは知らないけど、とにかくそういうことでね、あそこに見えるドアがあの世の入り口です。二つあるけど、どちらに行くべきかは、言われなくてもわかってるよね？」

そう告げる閻魔が指差す方向には確かに二つのドアがあった。

光り輝く白いドアには『天国』、ぬめぬめと黒光りするドアには『地獄』と記されている。

あまりにもイメージ通りの造形の違いに、思わず笑いがこみ上げてきた。

先に受付を済ませたパジャマ姿のじいさんが、嬉しそうに天国のドアを開け、その中へ光と共に消えていくのが見える。

「まぁ、これから入るその世界を、天国と感じる人もいれば、地獄と感じる人もいる。さて、タクちゃんはどっちだろうね。これから始まる新生活の説明は、ドアの向こうの係員に訊いてね。じゃ、そういうことで、いってらっしゃ〜い。…は〜い、次、マリちゃ〜ん。おまたせ〜♪」

その風貌に似合わない軽い口調の大男の促すまま黒いドアをくぐり、俺は「地獄」へ足を踏み入れた。

＊

驚いた。いや、正確には、理解できなかった。

クチャッと、薄気味の悪い音を立てる地獄の入り口を開き、まっすぐに続く細い通路を通り抜けると、そこには街があった。

さぞ身の毛もよだつ、おどろおどろしい場所に出るのだろうと想像してそのドアを開けたのだが、その通路の先に広がる景色は、清々《すがすが》しく、きらびやかな街だった。

青々と生い茂る葉陰から舞い降りる優しい木漏れ日。頬をかすかになでてゆくそよ風。美しい自然と、洗練されたデザインの建造物が完璧に溶け合った、人間の能力をはるかに超える知的生命体が築き上げたとしか思えない、光り輝く街並み。その美しさを表現するボキャブラリーがまるで出てこない。そんな街の中に、俺は立っている。

ここは…本当に地獄なのか？

そして、何より驚いたのはその街並みではない。

先ほど目の前で、『天国』のドアを通過したはずのあの老人が、小さな生け垣の向こうに見えるのだ。

老人は俺の視線に気づくと、「やぁ」と微笑んで近づいてきた。

「キミも天国に来たんだね」

戸惑った。そんなはずはない。俺は確かに『地獄』のドアを開けたはずだ…。

ふと後ろを振り向くと、あの閻魔がいた神社のような建物。そこには、俺が出たドアの隣に、もう一つの出口が見えた。

ま、まさか、同じところに出るのか？

俺が戸惑う姿を見てキョトンとしている老人を前に、「地獄のドアを開けた」と言い出せない。何を話していいのかわからず戸惑っていると、タイミングよく二人の女がやってきてくれた。

紺色のスーツをパリッと着こなした、優良企業の新入社員を思わせる出で立ちだ。

「峰岸琢馬さまですね。お待ちしておりました」

そのうちの一人が俺に声をかけ、もう一人は生け垣の向こうで老人に同じように声をかけている。

「それでは、ご案内させていただきます。どうぞ、こちらにお越しください」

女は俺にそう告げると、高級リムジンを彷彿とさせる見たことのない車へと誘導する。突然の案内に困惑している間に、目の前をあの老人を乗せた車が通り過ぎていく。老人は車の窓から、「じゃ」と軽く手をあげてにこやかに挨拶すると、そのまま見る間に街の中へ消えていった。

「峰岸さま、よろしいですか？」

女は、そう声をかけると再度車へと促した。

「この車に乗って、どこへ行くんだ？」突然の誘いに困惑しながら訊いた。

「宿舎へご案内させていただきます。詳しくは車の中でご説明させていただきますので、まずはお乗りください」

柔らかい笑顔で後部ドアを開けながら、女はうやうやしく車内に招き入れる。状況は全く飲み込めないが、悪い気はしなかった。

それに、誘いを断ったところで、これからどうすればいいのか見当もつかない。俺は女に促されるまま車に乗ることにした。

静かに走り出すと、女は運転席から話を続けた。

「改めまして、わたくし峰岸さまの担当をさせていただきます安達と申します。どうぞよろしくお願いいいたします。まずはこれから、峰岸さまを共同宿舎へとご案内させていただきます」

「共同宿舎?」

「峰岸さまの、これからのお住まいでございます」

「さっきのじいさんも、その共同宿舎へ?」

「いいえ、あの方は天国ゲートをお通りになられておりますので、別なところへ」

「?　…あぁ、なるほど。そういうことか。ってことは、この街の向こうに血の池やら針の山があるわけだ」

「は?」と、安達はハンドルを切りながら首をかしげる。

「そういうことなんだろ?　あのじいさんは天国、この街で悠々と暮らし、地獄ゲートを通った俺は、わざわざ優美な天国を見せられてから、奈落の底へ突き落とされるわけだ」

「いいえ、けっしてそのようなことでは……」安達は表情の一つも変えず、自然な様子でそう答えた。

「違うのか?」

「ええ」

「どういうことなんだ?」

「どういうこととは?」

安達は質問の意図が見えないといったふうに首をかしげて、バックミラー越しに俺を見た。

「だからよ、天国ゲートを通ったあのじいさんと、地獄ゲートを通った俺は、待遇にどういう違いがあるっていうんだ？」

「ああ、そういうことですね。では、ご説明申し上げます。天国ゲートを通られた方は、自由を獲得されておりますので、ご自身のご希望に沿った環境が提供されることとなります」

「で、俺は？」

「残念ながら、いまだ条件を満たされておりませんので、若干の制限の中での生活となります」

「もったいぶらずにハッキリ言ってくれよ。だからなんだよ、その〝若干の制限〟ってのは」

「はい。峰岸さまには、これから街作りにご協力いただきます」

「は？」

「街作りプロジェクトグループのメンバーとして、現在進行中の工事をお手伝いいただくことになります」

安達はそう言うと、後方座席に置いてある袋の中を見ろと告げた。指示されるまま座席の横を見ると、防災グッズでも詰められていそうな銀色のバッグがあった。

「なんだい、こりゃ？」

「プロジェクトメンバーのユニフォームでございます」

「ユニフォーム？」

バッグを開き、中を覗《のぞ》き込んで見ると……。

「な、なんだよ、これ！　つなぎとヘルメットじゃねーか」

「はい、さようでございます。ご不満でも？」

「ご、ご不満も何も…」想定外の展開に、返す言葉が見つからない。

袋から取り出したオレンジ色のつなぎは、建築作業着というよりも宇宙服を思わせるような派手なデザインだった。おもむろに広げてみると、胸元と背中に大きく「ＡＫＢ48」と書かれたワッペンが貼られている。ヘルメットにも同様の文字が刻印されていた。

エーケービー　フォーティーエイト…。ますます意味がわからない。

「そんな趣味は持ち合わせていない」と安達に告げると、それは「あけぼの台　公団住宅　Ｂ棟建設チーム　第四十八班」の略であり、俺が考えていたそれとはなんら関係ないと教えられた。

今の状況と全く話がかみ合わないとわかっていながらも、見当外れの連想をしてしまった自分が妙に恥ずかしい。

俺が自分勝手な羞恥に顔を赤らめ言葉を失っていると、安達の話は途切れることなく続けられた。

淡々と事務的に説明を続ける安達の話をまとめると、こういうことらしい。

地獄ゲートを通った者たちは、その適性別にチーム分けされ、衣食住いずれかの生産業務を強制的に任される。なんでも、天国エリアで暮らす人々の衣食住を支えているのは、地獄の門をくぐった俺たちのような人間らしい。

チームメンバーは「教育係」と呼ばれる監視員の元、隔離されたコミュニティの中で共同生活を送り、それを通して宇宙の基本原理を学び直すのだという。

業務時間は朝八時から夕方五時まで。内一時間の休憩が含まれるので実質八時間の労働。悪天候で作業ができない場合を除いて、基本的に余暇はなし。

俺は毎日決められた時間になると建築現場へとバスで送迎され、命ぜられる通りの業務（「刑務」と言ったほうが適切なのかもしれない）をこなす。

しかし、その時間以外は、制限された区画内であれば自由に行動していいと、安達は話を続けた。

そこにはスポーツセンターや娯楽施設なども多数完備されており、しかも、そこでの生活に必要とされるあらゆる物は全て無料で提供されるという。そもそも、この世界に通貨は存在しないと教えられた。

割り当てられた業務さえこなせば、快適に暮らすことができる。また、業務自体も各々《おのおの》の適性に沿った内容を割り当てられるよう配慮されているので、決して過酷なものではないという。

安達の説明が一通り終わると車は長いトンネルを抜けて山道を走り、仰々しい検問所を通過するとしばらくして宿舎があるという町へ入った。

俺は車中で安達の話を聞きながら、これから向かう先を塀に囲まれる殺伐とした刑務所的な建物としてイメージしていたのだが、その予想はまたもや覆された。

「隔離されたコミュニティ」とは、刑務所のような施設のことではなく、四方を山に囲まれた「景洛町《けいらくちょう》」と呼ばれるこの大きな町全体のことだった。

しかも、俺を乗せた車が横付けされた「共同宿舎」と呼ばれるその建物は、六本木周辺に建つ高級デザイナーズマンションをも鼻で笑うかのような壮麗さなのだ。

「こちらの1703号室が、峰岸さまのお部屋となります」

「……」

俺の口がだらしなく開いているのは、その建物を見上げているからではない。文字通り、開いた口が塞がらないのだ。

ここの建築を担当したのは一体何者だ。フランク・ロイド・ライトか、それともル・コルビュジエか。

決して建築デザインに明るいわけではないのだが、ド素人の俺が見ても、ミース・ファン・デル・ローエを加えた近代建築の三大巨匠が束になってもかなわないであろうと言い切れるだけの堂々たる迫力と品格があった。宿舎なんていうレベルではない。

「俺は…本当にここに住むのか？」

「ご不満でございますか？」

「不満なわけないだろう！」

慌てるようにそう答えた俺を見てクスリと笑うと、安達は「では、お部屋へご案内させていただきます」と、宿舎の中へと歩みを進めた。

階数表示の点滅がなければ、動いているとも止まっているとも判断のつかない静かなエレベーターを降りると、通路の左側に「1703」のプレートが見えた。その番号の下には、既に「TAKUMA MINEGISHI」と、俺の名を刻んだ表札が取り付けられている。

安達は静かにその部屋のドアを開けると、不動産業者のような仕草で部屋に入れと促した。

玄関に靴を脱ぐスペースは見あたらない。部屋はホテルのような作りで、下手をするとつまずきそうになるほどフカフカのカーペットが敷かれた床は、そのまま奥の部屋へと続いている。

俺がリビングに足を踏み入れると大きなカーテンが自動的に開き、窓の外に広がる美しい街並みを見せてくれた。大きな窓から差し込むあたたかい光が気持ちいい。眼下に海が広がっているワケではないが、気分はどこかのリゾート地だ。

中央に三人掛けのソファが鎮座する広々としたリビングの横には、九帖ほどのベッドルームがあった。備え付けの収納棚の他にも、モダンなデザインで統一されたデスクやベッドなど、一通りの家具が揃えられており、クローゼットの中には既に俺のサイズに合わせたルームウエアや下着類、替えのつなぎなどの着替えが複数枚用意されていた。

と、絶え間ないサプライズの連続に興奮する中、俺は突然便意を覚えた。

安達の説明を遮りトイレに行かせてくれと頼むと、廊下の左側のドアがそれだと教えられた。

ドアを開けると同時に照明が入り、便器のふたが勝手に開く。便座に腰掛け一息つくと、壁に埋め込まれたディスプレイから緑色の文字が現れた。『体重測定中』

その文字が、黒いディスプレイの右から左に向けて、点滅しながら繰り返し流れていく。

あっけにとられていると『測定完了　体重：63・2kg』の文字に切り替わった。

小便が終わると同時に、便器は「シュコッ」と飛行機のトイレのような音を立てて、勝手に尿を飲み込む。するとまたディスプレイが変わり『尿検査実行中』の文字が流れていく。

間もなく「ピピッ」という電子音と共に、ディスプレイは『異常なし』という検査結果を映し出した。

——これが夢なのだとしたら自分の潜在的な想像力の豊かさを褒めたたえてあげたい。

というよりも、こうしてトイレで用を足している自分を自覚すると、もう、自分が死んでいるのか生きているのかもわからなくなってきていた。

人間は、死んでも排泄をするものなのか？

そして、死んでもなお、健康管理が必要なものなのだろうか…。

——わけがわからない。

この数時間の間に、俺は何度この言葉をつぶやいたことだろう。

自分の身に起きている数々の驚きを思い返している内に、いつの間にか便は尻の奥へと引っ込んでいた。

＊

そんなつもりはもはやなくなってはいたのだが、俺はトイレを出ると興味本位で安達に質問をした。

「これまで聞いた内容を拒絶して、この町からの〝脱獄〟を企てるヤツはいないのかい？」

すると安達は相変わらず淡々とした調子で想定外の返答をする。

「もしご希望があれば、の話ですが、お望みであれば脱獄など企てずともこの町を出ることは可能です」

「え？」

「ここでの生活がお気に召さないのであれば、二丁目のはずれにある『景洛駅』へお越しください。それ以外の道は全て封鎖されておりますので、景洛駅以外から町の外へ出ることはできません」

そう言うと安達は『景洛町　生活のしおり』と書かれた小冊子を取り出し、巻末に付けられた地図を広げた。彼女が指差す先には「景洛駅」の表記がある。

「え、駅って…。そこからどこにでも行けるのか？　さっきあんたは、地獄ゲートを通った人間は、この町以外での生活は認められていないと話していたじゃないか」

「はい、さようでございます。ですからこの駅は、他の街に通じる駅ではございません」

俺がどんなにあっけにとられていようが、安達の事務的な表情は変わることがない。

「…じゃ、一体どこへ行くと言うんだ？」

「人間界でございます」

「なんだって？」

「人間界です。もし、ここでの生活がお気に召さないということであれば、あとは人間界に戻る以外選択の余地はございません」

思いがけない説明にまた混乱する。人間はそんなに簡単に生き返ることができるものなのか？

一度心臓が止まったにもかかわらず奇跡的に生き返った、というような話は稀《まれ》に聞いたことはあるが、そうひょいひょい生き返ることができるなら医者も坊主も無用の長物だ。

職業柄、鉄砲玉になってはかなく散っていった人間も多数見てきたが、生き返ってきたヤツになど出会ったことはない。

「ちょ、ちょっと待ってくれ。人間界に戻ることができるのか？」

「はい。とはいえ、その場合は峰岸さまがお持ちの記憶は全て消去され、また新たな人生を全くの別人としてやり直すことになります。そして…」

安達はそこで意味深げに一呼吸置き、コホンと一つ咳ばらいをして言葉を続けた。

「その新しい人生を歩み出したとしても、結局この世界に戻ってくることになるのです」

当然ですよね、と安達は小さく肩をすくめて見せる。

「生まれ変わったとしても、その寿命が尽きれば肉体は失われる。…そういうことか」

「さようでございます」

「……」

——確かに、死なない人間など聞いたことがない。

わかりきったことではあるが、改めて「何度生まれ変わろうと、どのみちこの世界に舞い戻ってしまう」と説明されると目から鱗《うろこ》が落ちる気分だった。

「もしお望みであれば、今すぐにでも景洛駅へご案内させていただくことも可能ですが、いかがいたしますか？」

「いや、その前にもう少し話を聞かせてくれ。もしその駅から人間界に戻らなかったとしたら、俺はこれから死ぬまで、いや、もう死なねぇのか…、とにかく、ずっとここで働き続けなきゃならねぇってことになるのか？　この町からは、永遠に出ることができないと、そういうことか？」

「いいえ。それは、峰岸さま次第でございます」

「俺次第？」

「はい。先ほど車の中でご説明させていただいた通り、この町での生活は宇宙の基本原理を学び直すために機能しております。決して、刑や罰といった類《たぐい》のものではございませんので、その生活を通じて宇宙の基本原理をご理解された暁には、制限のない生活が提供されることとなります」

「と、いうことは、俺がその、宇宙の基本原理とやらを習得さえすれば、あのじいさんと同じように、この町を出て自由に暮らすことができるんだな？」

「さようでございます」

別な人間として生まれ直すか、地獄での強制労働生活（とはいえ、現段階ではさほど過酷なものとは思えない）を取るか。突然遭遇した究極の選択に、俺の頭は休むことなくキュルキュルと回る。

——さて、どちらを選べばいいものか。

「……。もう一つ聞かせてくれ」

ほぼ決断はできていたが、好奇心ついでに質問を続けてみた。

「どうぞ、ご質問がございましたら、いくつでもお申し出ください」

「この町の治安はどうなっている」

「治安…でございますか？」

安達はキョトンとした目で俺を見上げた。

「いや、俺がこう言うのもなんなのだが、説明を聞く限りこの町にいるのは俺同様、地獄ゲートを通った者だけだということだよな」

「はい」

「と、いうことは、それこそ物騒な町じゃないのか？」

「なぜ、そのように思われるのですか？」

「だってそうだろ、地獄ってことは、いわば荒くれ者の巣窟《そうくつ》じゃないか。争いごとが日常茶飯事になって当然だろ？」

「しかしながら、どのような理由で争いが起こるのでしょう？」

「え？」

俺の質問が、ことごとく質問で返される。

――こいつ、しっかりしているように見えて、意外と天然キャラなのか？

話の通じなさに戸惑ったが、続く安達の説明を聞いて、ズレていたのは自分のほうかもしれないと思い直した。

「先ほどお話しさせていただいた通り、この世界には通貨という概念がありません。ですから、金銭を巡ってのトラブルは起こりえません。また、生活に必要なあらゆるものは、ご覧の通り全て無償にてご提供させていただいております。それゆえに、何かを奪い合う必要がありません」

――そう言われてみればその通りかもしれない。何かを奪う以前に、既に満たされているのであれば、略奪や強奪の必要そのものがないのだから。

が、人間につきまとうトラブルはそれだけだろうか。しばし考えてから、再度質問を続けた。

「う…うむ。し、しかし、中にはそういった欲求だけではなく、人殺しそのものを快楽としている異常者だっているんじゃないのか？」

「そうですね。中にはそのような方もいらっしゃるかもしれませんが…。しかしながら既に死に、どれだけ傷付けても死ねない者を相手にして、殺人そのものが成り立つと思いますか？」

――そ、そうだよな。

すでに死んでるんだから、殺しようもないか…と言葉に詰まる。

「確かに、この町に来て間もない方同士での乱闘騒ぎも稀に起きることがあるそうですが…そのようなお考えはお避けになったほうが身のためです」

「じゃあ、仕事上でのトラブルは？」

「それも先ほどご説明させていただいた通り、各々ができる範囲内の業務を任せられておりますし、仕事においての上下関係も存在しませんので特に問題が生じた事例はありません」

「で、では、無理矢理な婦女暴行事件や、異性を奪い合うなどのトラブルなどは…」

「性的な刺激を求められるのであれば、三丁目に専門の施設がございますのでご利用ください」

「こ、ここには風俗まであるのか？」

「機械が相手となりますので、人間界で風俗と呼ばれるものと趣向は異なりますが、それ以上

てきた。

あらゆる質問が、ことごとく変化球で返される。安達の返答はみな、俺の常識の外からやってきた。

「い、いや、でも、そういう性的刺激を求めてではなく、純粋な気持ちで誰かを愛することもあるわけで……。色恋沙汰ってのはそういうことだろう？」

「本当に純粋なお気持ちで誰かを愛そうとすることができるのであれば、少なくとも、この町に滞在する期間は短くなるかと思われます」

閻魔はあの入り口で「ここを天国と思うか地獄と思うかはお前次第だ」というようなことを言っていたが、ここに比べたら人間界のほうがよほど地獄なのかもしれない。

安達の話を聞けば聞くほど人間界での生活が馬鹿馬鹿しく感じられ思わず苦笑してしまう。

なぜ俺は、あれほどまでに死を恐れていたのだろう。

――こんなことなら、もっと早くに死んでおけばよかった。

この状況を前に、そう思ってしまうのは俺だけだろうか。

「峰岸さま、いかがいたしましょうか？」

「何がだ？」

「景洛駅へご案内いたしますか？」

「いや、この先どうなるかさっぱり想像がつかないが、しばらくこの町にいさせてもらうことにするよ。っつーか、こんなに優遇された状況を前にして、景洛駅に行くヤツなんているのか?」

「ええ。景洛駅から出発する列車は、連日満席に近い状況が続いております」

「連日、満席?」

そしてあの一言が、またアタマの中でこだまする。

——わけがわからない。

＊

得をしたんだかどうなのかもわからない話を聞いているうちに、リビングは大きな窓から差し込む夕日ですっかり赤く染められていた。

安達は、ちらりと腕時計を確認すると、先を気にするように話を続けた。

「この町での生活を選択されるということでよろしければ、続いて集会室へご案内させていただきます」

「集会室?」

「はい、この宿舎の一階にあります。そこで、同じ班のメンバーをご紹介させていただきます。峰岸さま同様、つい先ほどこちらに到着した方がほとんどです」

足早に先を急ぐ安達に続いてエレベーターを降り、通路の先にある「集会室C(使用中)」

のプレートが貼られた部屋の中に入ると、半円を描くように配置された椅子が五つ並び、そこには既に四人の男が座っていた。

その輪の中央には、胸元に「教育係」と書かれたバッチをつけた、安達と同じ紺色のスーツを着た女が立っている。

「あなたで最後です。そこの空いている椅子に座ってください」

女にそう促され椅子に腰掛けたのを見届けると、安達はペコリと一礼して退室した。

「ここからは案内係に代わり、わたくしからここでの生活についてご説明をさせていただきます」

女はそう言って、壁に取り付けられたスクリーンに説明画面を映し丁寧に話し出したが、その大半は先ほど安達の口から聞いていたものばかりだった。

俺はその話の内容よりも、ここに座っている四人の男たちのことのほうが気になった。

建築現場に配属されるチームと聞いていたから、体格のいいガテン系のヤツばかりが集められているのだろうと想像していたのだが、ここにいる者にはなんの統一性も見られない。

ギュッと拳を握り、顔を真っ赤にしてすすり泣いている、血だらけのスカジャンを着た茶髪小僧。

くたびれた灰色のスーツに黒縁の眼鏡を合わせた、桃屋のＣＭキャラクターを彷彿とさせるルックスの青白い中年オヤジ。

貧乏ゆすりを続け、妙に白い肌に脂汗をにじませた落ち着きのない二重あごのデブ（この男だけは、なぜか既にあのオレンジ色のつなぎを着ている）。

そして、特に異彩を放っているのは、仰々しい袈裟《けさ》をまとった坊主。ダライ・ラマ十四世を極端に下品にしたような初老の男だ。女が話をしている最中も、口をとがらせながら一人でブツブツと何かをつぶやいているが、念仏を唱えているようには思えない。

――マジかよ。

他人のことをどうこう言えた人間ではないが、この中にいると、自分が一番まともな人間に思えてくる。

これからこいつらと一緒に生活を送っていくことになるのかと考えると、先ほどまで抱いていた〝明るい未来〟への淡い期待が徐々に薄らいでいく。

町についての説明が一通り終わると、続いてメンバーの紹介となった。

女の口から、それぞれの名前や生前の職業、死因などが告げられていく。ご丁寧にも、スクリーンには写真と共に、プロフィールが映し出されていた。

茶髪の男は藪内翔吾《やぶうちしょうご》、二十一歳。

仲間と遊んだ帰り道、バイクを乗り回しているうちに路上でこけ、そのまま縁石にアタマを強打。さほどスピードを出していたわけではないらしいが、ノーヘルだったため、簡単に頭蓋骨が割れてそのまま即死になったという。付き合っていた同い年の彼女は妊娠三ヶ月。結婚も考えていた矢先の事故だったという説明がされると、藪内はいよいよ大声を出して泣き始めた。生前は埼玉で鳶《とび》をしていたらしく、その経験があるということで、このチームに振り分けられたらしい。

桃屋のオヤジは白井宗雄《しらいむねお》、四十六歳。

建築資材の卸会社で営業をしていたが、その会社が不況の煽《あお》りを受けてあえなく倒産。職を求めてハローワークに通ったが雇ってくれる会社が長らく見つからず、生活苦の末に甘い口車に乗って闇金に手を出したという。その後、膨大な借金と違法な取り立ての連続で精神を病み、チープなビジネスホテルの一室で首を吊った。表情は暗いものの、どこかホッとしたような顔をしている。

下品な坊主は坂本竹蔵《さかもとたけぞう》、六十四歳。

栃木にある妙孔寺という寺の住職だったらしい。ある葬式で読経の最中に脳溢血《のういっけつ》でポックリ。葬式の最中に坊主が目の前で死ぬなんて、参列者もさぞビックリしたことだろう。

「坊主が地獄送りとは笑えるな」

俺が思わず口を滑らすと、坂本はその通りだと唾を飛ばしながら女に抗議を始めた。

口の両脇に白い泡を溜めながら、長らく仏道を歩んできた私がここにいるのはおかしい、何かの間違えだ、早く上の者を連れてこいと必死に訴えている。

聞けば、あの世の門で閻魔に地獄行きを告げられたにもかかわらず、無視して天国行きのドアを通ってきたそうだ。同じところに出るとも知らず…可哀想なヤツだ。

どの時点でここが地獄だと気づいたのかはわからないが、その必死の形相は悪質なクレーマーの姿と同じに見え、その光景を見るだけでも坂本が地獄送りにされたのも妙に納得がいった。坊主と思えぬ横暴ぶりに俺が声を出して笑うと、坂本は怒りの矛先を変えて俺を睨みつけ出した。

が、女がプロジェクターの画面を切り替え、俺が極竜会の幹部だったことを話し出すと同時に、急に目を逸らした。

小刻みに揺れるデブは田嶋智弥《たじまともや》、二十五歳。

死因は急性心筋梗塞による突然死。イラストレーターらしい。が、プロとして活躍していたわけではなく、その作品のほとんどは、仲間内で細々と立ち上げた美少女ゲームの同人サークルでしか使われていなかったという。

コンピューター操作に適応力があるという理由で、現場での機械オペレーションを任されることになった。ここへは随分前にやってきたらしいが、当初配属されたチームメンバーが、つい先ほどこいつだけを残して景洛駅へ向かったため、このチームに異動してきたそうだ。なるほど、それでこいつだけつなぎを着ていたのか。

女から「コンピューター操作に非常に長《た》けている」と紹介されると、田嶋はふふんと誇らしげに口元をニヤつかせた。歯茎を剥《む》き出しにして笑うその表情がなんとも気色悪く、腹立たしい。

ふと、この部屋に入る前、安達に景洛町の治安について質問したときのことを思い出した。

『しかしながら、どのような理由で争いが起こるのでしょうか？』

そう言う安達の言葉に、なるほど、とうなずいたが、撤回することにする。

人には、「顔や表情が気にくわない」という、ただそれだけの理由で殴りかかりたくなる衝動があることを、田嶋の顔を見て思い出したのだ。

いや、正確に言えば、殴りかかりたいわけではなかった。

——こいつの耳を、ナイフでそぎ落としてみたい。

目の前でニタつく田嶋を見てそう思っていた。

もちろん、ただ表情が気にくわないという程度のものだから、いくら俺でもそこまでキレているわけではない。ただ、これ以上死ねないというこの世界において、もし耳を落としたら、その後どうなるのかという好奇心が生まれたのだ。そぎ落とした耳は、傷ついたままとなるのか、勝手に元に戻るのか、はたまた、傷つけるというそのこと自体が不可能なのか。

——よし、部屋に戻ったら包丁でも探してみよう。

神妙な面持ちのメンバーたちとは逆に、俺は新しいいたずらを思いついた子供のような気持ちで笑みを浮かべていた。

＊

教育係によるこれからの生活の説明とメンバーの紹介が終わり、「あけぼの台公団住宅B棟建設チーム第四十八班」のメンバーが集会室から出されると、宿舎のエントランス前に、業務を終えた者たちを乗せたバスが次々と戻ってきていた。

バスとはいえ、よくよく見るとその姿は警察の護送車に近い。スモークやカーテンはかかっていなかったが、窓の内側には逃走防止用と思われる鉄格子が見えた。

女はそこを指差し、明日の朝七時にそこに見えるバスが迎えに来るので、時間厳守のうえ五号車に乗り込むようにと俺たちに言い残すと、宿舎の隣にあるという「管理棟」へと帰っていった。

エントランスでは、六基並ぶエレベーター前の空間が、オレンジ色のつなぎを着た人の群れで見る間に埋め尽くされていく。

バスから降りてくるオレンジ色の人の流れは、その行き先を二つに分けていた。

宿舎に戻る者もいれば、部屋に戻らず、そのまま町中へ向けて歩いていく者もいる。

町へ向けて移動する者の中には、不思議な機械に乗って走り抜けていく者の姿も見えた。

「なんだありゃぁ」それを見た坂本が思わず声を発した。

「シティ・ランナーですよ」と、田嶋が得意げに答える。

「電動の立ち乗り二輪車です。セグウェイって知りませんか？　体重移動で運転するんですけど、あれみたいなものですね。この町、こう見えて結構広いんですよ。だから、遠方へ向かうときはあれを使う人がほとんどなんです。ほら、あそこに駐車場が見えるでしょ。町中にはあれと同じような駐車ポイントがたくさんあって、そこに置いてる空車は誰でも使えるんです。つまりは、この町で僕たちが自由に使える、唯一の公共交通機関ってことですね。……じゃ、そういうことで、僕はこれにて失敬っ」

田嶋はそんなうんちくを息継ぎもせずに一気にまくし立てると、雑な敬礼をして町中へ消えていった。その顔の造形だけではなく、しゃべり方から仕草の一つ一つまでがいちいちカンに障る。

気がつくと、藪内と白井の姿はすでになかった。宿舎を出ていった様子は感じられなかったから、たぶん、早々と自分の部屋に戻ったのだろう。

残された坂本は、「わけがわからん」と相変わらずぶつくさ独り言をつぶやきながら困惑している。

俺がエレベーターの到着を待っていると「アンタはどうする」と声をかけられた。

「明日は言われた通りバスに乗るんかい？」

「ああ、そのつもりだ。俺も何がなんだかわからない。今後何が起こるかなんて想像もつかないからな。下手に動くより、しばらくは言われるがままにして様子を見るのが得策だろう」

「景洛駅に行くことは、考えてないんか？」

「その話を聞いたときは若干迷ったがね。…が、生まれ直したところで、どうせまた死ぬんだろ。遅かれ早かれここに戻ってくることになると言うんだから、行っても意味がなさそうだ」

そう答えると、坂本は口をへの字にしてうつむき、じっと何かを考えていた。

＊

信じがたい出来事が立て続けに起きたからだろうか。部屋に戻り、リビングのソファに腰掛けると、どうしようもない脱力感に見舞われた。全身からどっと疲労感が吹き出し、身動きが取れない。その半面、妙に気が高ぶっているせいで眠れもしなかった。

それから一時間ほどが過ぎた頃だろうか。何をするでもなく、ただひたすらソファに寝転がっているとインターホンが鳴った。ギシギシ音を立てる身体を無理矢理起こして、リビングの壁に取り付けられたモニターを見る。そこには玄関前に立つ坂本の姿が映っていた。

「一体なんの用だ」

そう言って玄関のドアを開けると、坂本は開口一番「食い物があったらゆずってくれ」と言い出した。

食い物？　そう言われてみれば、ここへ来てからというもの、何も口にしていない。部屋の中で食料を見た覚えもなかった。

俺がぼーっとしていると、坂本は勝手に部屋に上がり込み、キョロキョロあたりを見回してから「やっぱり同じか」と言って舌打ちした。チッと音を立てた瞬間、口元の金歯がいやらしく光った。

坂本は振り返り、「ここには冷蔵庫もねぇんだよ」と、弱々しい目で俺を見る。

そう言われて再度部屋を確認すると、確かにどこにも見あたらない。この部屋には、食料や冷蔵庫どころか、キッチンそのものがなかった。

「それは気がつかなかったな…」

俺がアタマを掻いていると、坂本は「突然すまんかった」と言って、足早に部屋を出ていった。

突然の坂本の訪問を切っ掛けにして、また新たな疑問が生まれた。

——この世界で、食事をする必要があるのだろうか？

人は死んでもなお、腹が減るものなのか？

ここに来てから半日以上が過ぎているが、今現在、特に空腹感はない。もしかしたらもう、メシを食う必要そのものがないのではないだろうか。だって、死んでいるのだから…。

いや待て、そうなると、坂本が食い物を探していた理由がわからない。それに、ここにはトイレがある。俺はこの部屋に入り、確かに一度使用した。何も食わずに、排泄だけが行われるというのも納得がいかない。

いた。

「どういうことだ…」

そこで俺は、もう一度トイレに入り、用を足してみることにした。

やはり、ちゃんと小便は出る。そして前回同様、モニターでは俺の体重の測定結果が流れていた。

「測定完了　体重：62・9kg」

シュコッ、「尿検査実行中」…ピッピッ、「異常なし」

一連の流れは、俺の記憶通りだ。

トイレを出て洗面台で手を洗おうとしたとき、ハンドソープの隣にコップと歯ブラシセットが置かれているのに気がついた。

——歯ブラシがあるってことは…、やはり、メシは食うのか。

だとしたら、どこで、どのように。

先ほど集会室で行われた説明でも、食事について話されていた記憶はない。聞き逃したか。

いや、坂本も知らないということは、説明されていない可能性が高い。

何かヒントがあればと、俺はリビングに戻り、安達の置いていった「景洛町　生活のしおり」を広げてみた。

地図の中にスーパーやコンビニなどは見あたらない。それどころか、この町には八百屋も、魚屋も、肉屋も、電気屋も、布団屋も、百貨店も…、ありとあらゆる物販店がなかった。

別のページの説明を見てみると、生活に必要な物資は、町の中央に建つセンタータワーへ受け取りに来いと書いてある。食料も、ここで供給されているのだろうか…。

しおりを読み進めていくと、そこにはいろいろなことが書かれていた。

ゴミの廃棄方法、洗濯物の出し方、ルームクリーニングサービスの申請方法など、日常生活全般に関わるものから、各戸に提供されている設備・家電品の取り扱い方法、娯楽施設の紹介に至るまで、様々な情報が事細かに網羅されている。先ほど田嶋が説明していた「シティ・ランナー」の使用規定と操作方法も記載されていた。

「そうだ、包丁…」

ふと田嶋の顔が浮かび、包丁を探そうとしていたことを思い出した。が、そうだ…。ここにはキッチンがない。

——まぁ、いいか。

そう思い直し、改めてしおりをめくっていると、しばらくして「景洛町　飲食店案内」というページが現れた。

「なんだ、ちゃんとあるじゃないか」

坂本に教えてやろうかとも思ったが、部屋を探すのが面倒だからやめた。

しおりに一通り目を通し終えると、いよいよアクビが出てきた。時計を見ると時刻は十時半過ぎ。少し早いが、軽くシャワーでも浴びて寝ることにする。

浴室にあるシャワーはパネル式で、頭部・胸部・腹部・脚部、いろいろな位置に取り付けられた複数のノズルから湯が吹き出し、全身を優しくマッサージしてくれた。肌を打つ、あたたかな刺激が気持ちいい。つくづくこの宿舎の設備の豪華さに感心させられる。やはり、人間界と比べると、ここはまさに天国のようだ。これから共に生活するメンバーに若干の不満は抱いたものの、ここで堅気の暮らしを試してみるのも悪くないと、本気で思えてきた。

すっかり上機嫌で、不似合いなハミングなどを口ずさみながら浴室を出る。洗面台の鏡の中には、しばらくご無沙汰だった柔らかい表情を浮かべる自分がいた。…が、何かおかしい。

濡れたアタマをバスタオルで拭きながら、よくよく鏡の中を見ていると、しばらくしてから、ようやくその異変に気がついた。

――な、なに？

見慣れた自分の顔から、左の耳がなくなっていた。

第二章

虫

朝。

あけぼの台へ向かう五号車は、教育係に急《せ》かされてエントランスを出る藪内を迎え入れると、予定より五分ほど遅れて出発した。

「す、すいません、寝坊しました…」

試合後のボクサーみたいに両まぶたをボッコリ腫らした藪内が、ペコペコとアタマを下げながら座席の背をたどってバスの後ろへと移動する。

「お、おはようございます…。あの、ここ、いいっすか?」

藪内が、俺の隣の席を指差した。

「いいも悪いも、ここしか空いてないだろう」

「そ、そうっすよね…」ペコリとアタマを下げて、俺の右に座る。

「すいません。寝坊しました」

「もう聞いたよ」

「あ、はい、すいません。…あ、あの、昨日は、説明の最中もやかましくて、すいませんでした。…あの、俺、藪内、藪内翔吾っていいます」

藪内はそう言うと、ハハハと乾いた笑い声を出してアタマを掻いた。

「あ、あの、すいません。名前、教えてもらってもいいっすか」

「あ？　あぁ。峰岸だ」

「あ、峰岸さんっスね。よろしくです。すいません、俺、名前覚えるのマジ苦手で。で、昨日も話、全然ちゃんと聞けてなかったもんスから…。あ、あの、俺、やっぱ死んでるんスかね？」

「あ？」

「い、いや、すいません。なんつーか、俺、昨日から全然、死んだとか、信じられなくて…」

怯《おび》えているのか、状況が飲み込めずパニクっているのか、それとも普段からこんな感じなのか。藪内はおどおどと挙動不審な動きを見せながら話を続けた。

「…寝坊して、誰かに殴られたのか？」

「え？」

その目、と、自分のまぶたを指差して訊き直した。

「あ、あぁ、これっスか。いや、そんなんじゃないっス…。ずっと泣いてたから、ですかね。気づいたら、こんなんなってました、ハハハ…」

藪内は乾いた笑い声に合わせて笑顔を作ろうとしていたが、うまくいかずに引きつり、頬が痙攣《けいれん》していた。

「あ、あの、峰岸さんは、えっと、後悔っつーか…、そういうの、ないっスか?」

「あ?」

「い、いや、そんな怖い顔で睨まないでくださいよ。なんか昨日から、すごく冷静っていうか、動揺しているように見えなかったもんで…。俺、なんであの夜バイク乗っちゃったんだろうとか、家族とか彼女が、今どうしてるんだろうとか、そういうこと考えたら、なんかもう、参っちゃって…。なのに、峰岸さんは、ドンと構えてるっていうか、そんなふうに見えたんで、なんか、すげーなって」

「……動揺、してるよ」

昨晩のことを思い出し、思わず本音がこぼれた。

「え? そ、そうなんスか? 全然そういうふうには見えないッスけど…」

「昨日、気づいたら、耳がなくなってたんだ」

「は? 耳って…耳、ですか?」

「ほかにどんな耳があるんだよ」

そう言って俺が顔の左側を見せると、藪内はゴクリと唾を飲み込んで目を丸くした。

「動揺したよ。他にも身体の一部が勝手に消えていくんじゃないかと思って、昨日は結局、一睡もできなかった」

「……い、痛いんスか?」

「いや、痛みはない。いつなくなったのかさえ覚えていない。気づいたときにはもうなくなっていた」

「み、耳って、勝手になくなるもんなんスか？」

「そんなわけねーだろ」

とはいえ俺の耳は勝手になくなった。

「おまえも気をつけろ」

藪内にそう注意したものの、何をどう気をつければいいのか、俺にもわからない。

＊

その後しばらくして、バスはあけぼの台の建築現場へと到着した。

「み、峰岸さん、や、やっぱここ、地獄なんスね……」

「どういう意味だ？」

「だ、だってあれ……。なんか、マジでヤバそうっスよ……」

藪内はそう言うと、バスの外に見える、工事現場の入り口を指差した。

「っ⁉」

藪内が、震える指先で指し示すフェンスのその先には、バスから降りる者たちを迎え入れるようにして、鬼がずらりと並んでいた。

とはいえそれは、誰もが知る昔話に出てくるような姿じゃない。角が生えているワケでも、虎柄のパンツを穿《は》いているワケでもなかった。

俺の死因を告げた、あの閻魔と同じ種類の生き物だろうか。ＳＷＡＴのような仰々しい黒いプロテクターで身を固めた大男たちが、バスから降りる人間をじっと監視している。その手には、黒い金属バットのような警棒が握られていた。

「大丈夫、言われた通りにしていれば安全ですから。ほらほら、怖がってないで早く降りて！」

たじろぐ俺たちを見て、田嶋が早くバスを降りろと急かす。

ほかのチームの面々は、何事もないように「おはようございます」と挨拶をしながら、次々とフェンスの中へと入っていった。

「ホントに大丈夫なんスか？」と不安げに質問する藪内に、「大丈夫ですって」と田嶋が笑って答える。

四十八班のメンバーが全員バスから出ると、フェンスの向こうから、昨日の集会室にいた教育係の女がやってきた。

「おはようございます。ここが皆さんの担当となる、あけぼの台公団住宅Ｂ棟の建築現場です。これから皆さんの業務エリアへご案内いたしますので、こちらへどうぞ」

女はそう言うと、おもむろにヘルメットを被り、メンバーを引き連れて現場へと誘導した。

その建築現場には、既に進行中の建物の姿があった。機械音と金属音が鳴り響く中を、女の誘導のままに歩いていく。

しばらくして、大量の資材が積み上げられた場所に出ると、女はその歩みを止めて振り返り、「皆さんには、このエリアでの作業を担当していただきます。具体的な工程は、現場監督のビエルの指示に従ってください」と、資材の前で仁王立ちしている鬼を大声で紹介した。鬼は、何も言わずジロリと俺たちを見下ろすと、無表情のままペコリと軽く会釈した。

その後、「工程表」と呼ばれるプラモデルの説明書のような冊子を手渡される。次いで各自の業務分担と作業内容を説明されると、心の準備もできていないうちに、いきなり作業は開始された。


言われるがまま、俺と藪内が指定された資材にチェーンを取り付けると、田嶋がそれをクレーンで移動させ、すでに地面に開けられている穴の中に埋め込んでいく。資材が穴の中に入ると、白井と坂本が太いボルトのようなものを通して固定し、俺と藪内が先に取り付けたチェーンを外す。

ビエルとかいう鬼が、じっと俺たちを監視する中、そんな単調な作業を、ただ延々と繰り返すだけだった。時間と共に柱のようなものが組み上がっていくが、これが最終的に何になるのかされ想像がつかない。俺はただ、言われるがまま、目の前にある工程表に書かれた「A-14」とか「B-27」とかいう記号を目で追って、資材に刻まれた同様の記号の場所にカラビナみたいな金具を通してチェーンを取り付けるだけだ。田嶋以外は皆、自分が何をしているかわからない様子だったが、鬼の監視の目が怖いのか、俺同様、何も言わず黙々と作業を進めている。

と、突然、現場にけたたましいサイレンの音が流れ、しばらくすると、さっきまで現場に溢れていた機械音や金属音がピタリとやんだ。

あまりにも突然のことに、田嶋を除くメンバーは皆、手を止めて不安そうに周囲を見まわしている。

「な、なんだ一体…」

坂本が思わず声を出すと、田嶋が機械の操作盤から離れニコニコしながら俺たちのところへ近づいてきた。

「大丈夫、いまのは休憩を知らせるサイレンですよ。昼食の時間です」

「メ、メシを食わせてもらえるんか⁉」

田嶋の言葉に、坂本がいち早く反応した。

「ええ、昼休みには弁当と飲み物がもらえるんですよ。僕、これからもらいに行きますけど、皆さんの分も一緒にもらってきましょうか？」

田嶋がそう言うと、メンバーは皆、目をぎらつかせて力強く頷いた。

「ただ…、食べられるかなぁ。まあいいや、とりあえず人数分もらってきます」

ピッと敬礼をすると、田嶋は身体中の贅肉を左右に揺らしてドタドタと駆けていった。

「た、助かった。昨日から、ずっと腹が減ってたんだ」

坂本はそう言うと、ドタリと地面にへたり込み、大げさに腹をさすって見せた。

慣れない肉体労働のせいだろうか。俺にもようやく空腹感が戻っていた。

坂本が座り込むと、他のメンバーもつられるように脱力し、その場に腰を下ろす。思いがけない休息の知らせに、皆、安堵の表情を浮かべていた。

「お待たせしました〜。お弁当でございま〜す」

まもなく田嶋が弁当と飲み物を抱えて帰ってきた。

「一応もらってきましたけど、口に合うかどうかは別問題ですからね」

意味深な笑みを浮かべながら、折り詰めされた弁当とお茶をメンバーに手渡していく。

「多少まずくてもかまわん。食わせてもらえるだけでもありがたい」

坂本はそう言うと、奪い取るように弁当箱を持っていった。もの凄いスピードで、ガサガサと包装紙をはぎ取る。が、ふたを開けたとたん、顔を硬直させてフリーズした。

「ほらね」

言わんこっちゃない、とつぶやきながら田嶋が苦笑いを浮かべた。

坂本が弁当のふたを閉めながら田嶋に言う。

「これは、口に合う合わない以前の問題だろうが」

「そうですよね」と田嶋が笑った。

二人の意味不明の会話を聞いていたら、続けて藪内が「うげぇ…」と漏らした。

——なんなんだ、一体。

「田嶋さん…、これ、マジっすか」藪内が頬をひきつらせながら田嶋に目を向ける。

「ええ。マジです」

「た、田嶋さんは…、これ、食えるんですか？」

「ええ。もちろん好きではありませんが、慣れました」

「マジっすか…」

「マジです」


自分の弁当を開けて、ようやく一連の会話の意味が理解できた。

パッと見は確かに弁当らしく見えるのだが、その箱の中にあるのは、どう見ても虫だ。ひじきの煮物みたいに見えるそれは、ムカデのような何か。エビチリのように見えるそれも、カブトムシの幼虫のような何か。ご飯のように盛られた白い部分は、ウジだろうか。おかずの陰からちらりと見える添えられた緑の葉も、こうして虫と一緒に並べられると別な意味のものに見えてくる。

「やっぱり、食えませんか？　食べないなら、僕、もらいますけど」

メンバーの狼狽《ろうばい》をよそに、田嶋はムシャムシャと自分の弁当を頬張っていた。

その様子を見ていた白井が、資材の傍で吐き気を催している。

「よく食えるな…」

坂本が眉間《みけん》に皺《しわ》を集めてそう言うと、田嶋は虫を頬張りながら答えた。

「僕も、ムシャムシャ…最初はさすがに食えませんでしたけど…ムシャムシャ…結局、空腹には勝てなくて…ゴクッ。確かに、いまだ抵抗はありますけど食えるようにはなりましたよ」

「毎日こんな食事なのか?」と、坂本が不安げに尋ねる。

「ええ。メニューは日替わりで違いますけど、結局、どれもこれも虫です」

「マジかよ…」そう言って藪内がうなだれていたが、田嶋は構わず話を続けた。

「でも、モグモグ…考えてみれば、虫を食うってことあるじゃないですか。クチャクチャ…例えば〝はちのこ〟とか〝イナゴ〟とか。エスカルゴは、あれは虫かな? とにかく、場所によっては『ご馳走《ちそう》』って位置づけになる集落だってあるじゃないですか」

「いや、そうは言うが、これはその…ウジとか、そういうものにしか見えんのだが」

坂本がそう言うと、田嶋はしらっとした表情で「随分前に聞いた話ですけどね、イタリアのなんとかっていう地方には、ウジの入ったチーズがあるらしいですよ。それは生で食うらしいですから、それに比べたらまだマシじゃないですか? 一応、どれも調理されてるし」と博識ぶりを披露した。が、その言葉に納得して、弁当を食べ出す者はいない。

その後、田嶋が二人前の弁当を平らげて食事は終了。坂本は最後まで果敢にチャレンジしようとしていたが、結局、その弁当を口にすることはなかった。田嶋以外は皆、ボトルに入った飲料だけを胃に流し込み、空腹をごまかしている。場にため息と沈黙だけが残った。

＊

「田嶋、ちょっといいか？」

こいつに質問をするのも癪《しゃく》だったが、俺は、どうしても訊いておきたいことがあった。

「え？　この後の作業内容ですか？」

爪楊枝で前歯に挟まったバッタの足を取りながら田嶋が答える。

「いや、そうじゃない。この世界のことを教えてくれないか」

「はい？」

「ここは、俺たちが生きていた世界と、どういう違いがある？」

「え？」

「だから、この世界は、人間界とどう違うんだ？」

「え？　どういうことですか？」

全く話が見えないという顔で田嶋が訊き返す。

「…実は、昨日の夜、突然耳がなくなったんだ」

そう言って俺はヘルメットを取り、田嶋に顔の左側を見せた。

「み、耳、ですか？」

「ここに来て、突然なくなったんだ。なぜだ？」

田嶋は大げさに肩をすくませながら首を折り「さぁ」と答えた。

「ここで、身体の一部が消えた人がいるという話を聞いたことはないか？」

「う～ん…、そんな話は聞いたことがありませんね。突然耳が消えるだなんて…耳だけに、初耳です。なんちゃって♪」

田嶋はそう言ってぺろりと舌を出した。

——この野郎…、腕の一本でもへし折ってやろうか。

俺が田嶋に歩み寄り、殴りかかろうと立ち上がったそのときだった。

「危ないっ‼」

藪内の注意で後ろを振り返ると、視界の端に、先ほど固定したはずの資材が、俺を目がけて倒れ込んできているのが見えた。

——！！！

俺は思わず身をかがめ、両の腕で頭を覆った。

「ガゴンッ‼」耳元で鈍い金属音が響き、ついで、真っ白な沈黙があたりを包んだ。

身動き一つ取れずうずくまっていると、キーンという耳鳴りの向こうから太い声が聞こえてきた。

「峰岸、そこを離れろ」

その声を頼りに、恐る恐る頭を上げて様子をうかがった。

そこには、倒れてきた資材を黒い警棒で受け、剣道の「面打ち」を防御するように支えているビエルがいた。巨大な資材を軽々といとも簡単に支えている。

俺がその場を離れるのを見届けると、ビエルはドシンとその資材を下ろし、放心している俺のところへ近づいてくる。

「大丈夫か」

「あ、あぁ…」

自分の身体を確認して俺が答えると、ビエルは「悪いことは言わん。ここでは、物騒なことは考えるな」と、水晶のように光る目でジロリと睨みながら告げた。

「ど、どういうことだ…」

「まだわからんのか」

ビエルはじっと俺を睨み続ける。

「俺が来なかったら、今頃どうなっていた?」

「あ、あぁ…ありがとう、助かった」

俺がそう答えると、ビエルは、そんなことは訊いていないと返す。

「再度訊く。俺が来なかったら、お前はどうなっていた?」

「どうって…資材の下敷きに」

「それは、誰のせいだ?」

「だ、誰のせい?」

「地獄を甘く見るなよ。お前は既に死んでいるんだ。耳がなくなったり、腕の一本が折れるぐらいならまだいいが、首が裂かれても死ぬに死ねんぞ。地獄の苦しみを味わいたくなかったら、物騒なことは考えるな」

ビエルは俺の耳元でそう言い残すと振り返り、メンバーに向かって「休憩は終わりだ」と告げて作業の再開を指示した。


現場に大きな機械音が戻ってから、しばらくしてのこと。

ビエルがいなくなったのを見計らって、坂本と白井が持ち場を離れ、俺のほうに近づいてきた。

先ほどの謝罪に来たのだろう。二人揃って深々と頭を垂れている。

「申し訳なかった。私たちがきちんと固定していなかったばかりに」

「いや、いいんだ。どうやらあれは、あんたたちのせいじゃない。さっきのあれは、たぶん…俺のせいだ」

俺がそう答えると、二人はきょとんとして言葉を失っている。

「どういうことっスか？　どう考えても、峰岸さんに非はないと思いますけど」そばで様子をうかがっていた藪内が尋ねた。

坂本と白井は、互いの顔を見合わせて困惑していたが、ビエルが戻ってくるのに気づくと「とにかく、申し訳なかった」と言い残して自分の持ち場へコソコソと戻っていった。

第三章　リストランテ

地獄の門をくぐってから三日。

業務を終えた俺たちは、宿舎へ帰るバスの中にいた。仕事から解放された今も、田嶋以外は肩を落として、グッタリとうなだれている。

以前告げられていた通り、業務自体は過酷なものでもストレスを感じるものでもなかったのだが、ただ、まともな食にありつけないという想定外の状況に落胆していた。

「そりゃあ三日も食べてないんですから、誰だってヘロヘロになりますって。ね、今晩は僕が案内しますから、宿舎に戻ったら、みんなで食べに行きましょうよ」

業務終了後、送迎バスへ向かう道すがら田嶋はそう口にしたが、皆、黙り込んでいる。

「とはいえ、結局どこの店に入っても、出てくるのはやっぱり虫料理なんですけどね」という言葉の後では、当然といえば当然な反応だろう。

前方座席に座る別チームの面々は、田嶋同様すでに虫料理に慣れているのだろうか。その様子は俺たちとは対照的で、和気あいあいとした雰囲気の中、冗談交じりの会話が続けられている。俺たちもいずれはああなっていくのだろうか。

俺の周囲では、空腹を知らせる腹の音とため息しか聞こえない。

と、その沈黙をかき消すように、これまでほとんど声を出していなかった白井が、喉を絞るようにかすれた声でしゃべり出した。

「私が首を吊った大元の原因は、職を失ったことなんですよ。勤めていた会社が倒産しましてね。それからというもの、自分を雇ってくれる会社をずっと探し回っていたんです。仕事をさせてもらえることを、心の底から渇望していたんです。でも、叶わなくて」

その言葉は、誰に話すというわけでもなく、独り言のように続いた。

「そうしたらまさかね、死んでから、その願いが叶うだなんて。ははは…確かに仕事をくれと必死に神頼みもしましたけど…これじゃあ、ね。あんまりだと思いませんか。私ね、自分で言うのはなんですけど、懸命に、真面目に、生きてきたんですよ。そりゃ、歴史に名を残すほどの善行を行ってきたわけじゃありませんよ。ボランティア活動をしていたわけでもありません。でも、人並み以上には、優しさを持って生きていたつもりなんです。困っている人がいれば迷わず手を貸したし、誰かに手をあげたこともありません。仕事だって、できなかったわけじゃない。むしろ、人一倍頑張っていたんです。人が嫌がる理不尽な仕事だって、率先してやってきた。幼い頃から規律を守り、親に反抗することもなく、教師の教えに背いたこともない。先祖を粗末に扱ったことも、悪事に手を染めたこともない。むしろ自分を押し殺し、犠牲となって生きてきたんです。一生懸命、必死に生きていたのに…、キリスト教の洗礼も受け、毎週末には欠かさず教会へ足を運んで礼拝を続けてきたのに……、それでも神は私から仕事を奪い、家族を奪い、何もかも壊して。そして、死んでもなおこの有様です。結局は、天国と地獄の格差社会に投げ込まれて、消えてなくなることすら赦されない。

私があのまま貧困に耐えて、苦しみ悶えながら天寿を全うしていたら、そうしたら、天国に行けたんでしょうか？　この仕打ちは、やっぱり私が自殺したからなんでしょうか。

私の人生って、いったい何だったんでしょう。なぜ神は、これほどまでに私たちを苦しめるんでしょう。なぜ全知全能であるはずの創造主は、わざわざ罰せねばならぬ者や、それを可能にする世界を創り出したんでしょう。多くの宗教家が言うように、神が愛や平和そのものであるなら、最初から苦しみなど創らなければよかったのに」

神はあまりにも理不尽だ、と、ぶつけどころのない怒りで肩を震わせている白井の言葉に、答えられる者はいなかった。

すると今度は、その後の長い沈黙に耐えかねるようにして藪内が口を開いた。

「坂本さん。坂本さんって、確かお坊さんだったんですよね？　仏教では、なんて言われてるです？　天国って、どうやったら行けるんスか？」

不意に訪れた単刀直入の質問に、坂本は眉を寄せて「むぅ」と唸った。一呼吸置いて目を閉じると、「知っていたら、ここにはおらん」とだけ返し、藪内の思いもむなしく会話は終わった。

静かに揺れるバスの中。会話が途切れ、沈黙が生まれるたびに、アタマの中ではあのときのビエルの言葉が繰り返された。

『誰のせいだ』

『耳がなくなったり、腕の一本が折れるぐらいならまだいいが、首が裂かれても死ぬに死ねんぞ』

その声が、何度も何度もリフレインしている。

ビエルの言わんとしていることは、その言葉の意味を探れば、理解できた。

『誰のせいだ』それはつまり、「お前のせいだ」という意味だろう。そして、なんとも不気味なのは、ビエルが俺の考えていたことを全て知っていたことだ。話してもいない、耳のことも、腕のことも…。

おそらくこの世界では、人に危害を加えようとすると、それがそのまま自分の身に返ってくるのだろう。

田嶋の耳をそぎ落としてやりたい、そう思ったから、耳がなくなった。腕を折ってやろうとしたから、資材が俺めがけて倒れてきた。あそこでビエルの助けがなかったら、俺の腕の骨が折れていた…ということだろう。

誰かに向けた悪意は、すぐさま自分に返ってくる。たぶんここは、そういうルールで動いている。

そう気づいたとき、俺はある言葉を思い出した。

——因果応報
自分の行いが自分に返る。それが、あのとき安達が言っていた「宇宙の基本原理」なのだろうか。しかし、それでは一つ納得がいかない。

俺はまだしも、白井がここにいるのはなぜだ？

俺が悶々としていると、また藪内が落ち着かない様子で話しかけてきた。

「あの、峰岸さんは考えること、ないっすか。家族、いまどうしてるかなって」

ないね。そう即答すると、藪内は少し驚いた表情を見せた。

「結婚もしていなかったし、親も死んだ。考える以前に、いないんだよ、家族が」

すると、藪内は何かに気づいたように目を輝かせた。

「え!? ってことは、もしかしたら、ここでご両親に再会できるかもしれないっスね！」

なるほど。確かにここにいるかもしれない。が、それでもお互いに気づくことはないだろう。

「オヤジも、おふくろも、兄弟も、俺が物心つく前に死んだんだ。俺を残して心中したそうでね。いや、正確には、俺も一緒に死ぬはずだったのに、なぜか助かってしまったらしい。いっそ赤ん坊のときに一緒に死ねてたらな。こうして地獄に落とされることもなかったかもしれないのに。まぁとにかく、三十年以上も前の話だからな。向こうだって、俺の顔を見ても自分の子供だなんてわからないだろうよ。それに…とっくに景洛駅に行ってるかもしれないしな」

俺はそう言って笑ったが、藪内は神妙な面持ちで黙ってしまった。自分から話を切り出したにもかかわらず勝手なヤツだ。仕方なく、お前はどうなんだと、訊き返してみる。

「まだ、家族のことを考えて泣きたくなるのか」

「そうっすね。さすがにもう、泣き疲れましたけど。でもやっぱり、残してきた彼女と、生まれてくる子供のことを思い出すと、つらいっスね」

そして藪内はうつむきながら「初めてここに連れてこられたとき、車の中で案内の人にこんなことを言われたんです」と話を続けた。

「ずっと泣いていたら、言われたんですよ。『人間界の様子を知りたいなら、景洛町を出なさい』って…」

「それは、景洛駅のことか?」

藪内は小さく首を横に振った。

「いえ、多分、そうじゃないです。景洛駅へ行ったら、記憶を消されて違う人間になるって言ってたから。それは勧めないって。だから、人間として生まれ直すんじゃなくて、見守る存在になれって」

「見守る存在?　どういうことだ?」

「それがさっぱりわかんないんスよ。訊いても教えてくれないし。やっぱ峰岸さんも知らないっスか…。でも、とにかく景洛町を出ろって」

「それは、駅以外に出口があるってことか？」

「いや、何もわからないんです……」

その疑問は全く解消されないまま時間は流れ、やがてバスは宿舎へ到着した。

俺たちがバスから出ると、田嶋が振り返りながら「夕食どうします？」と改めて訊いてくる。

坂本が再度虫以外のものを食わせてくれるところはないのかと訊くと、田嶋はしばし考え込んだ後、微妙な表情を浮かべて首を振った。

「知らないほうが身のためです」

意味深な返答に、坂本が食いつく。

「おい！　そりゃ、どういう意味だ？」

腹が減っているせいだろうか。その口調には苛立《いらだ》ちめいたものがあった。口角泡を飛ばしながらにじり寄る坂本に、田嶋がうろたえている。

「お、落ち着いてくださいよ。少しは食べやすいところを紹介しますから」胸ぐらを掴《つか》もうとする坂本の腕を振り払いながら答えた。

「食べやすいところだと？」

「ここでの暮らしを続けるつもりなら、少しは食事に慣れないと。抵抗があるのはわかりますが、選択の余地がない以上、ここの食文化に慣れるしかないじゃないですか。食べたくないなら、無理には勧めませんけど」

そんなやりとりの最中も、皆の腹はグゥグゥと高らかな音を鳴らし続けている。好きこのんで虫は食いたくない。しかし、これ以上の空腹にも耐えられない。

「とにかく、田嶋さんに連れてってもらいましょうよ。俺ら、どんな店があるのかも知らないんスから」

藪内がそう言うと、田嶋は気持ちの悪い笑みを浮かべて「じゃ、行きましょう」と町中に向けて歩を進めた。

その後を、皆でしぶしぶとついていく。釈然としないが、今の状況を考えると、田嶋についていくか、景洛駅に向かうか、もしくは、このまま腹を空かせたままでいるかしかないのだ。

＊

その店は、宿舎から歩いて五分ほどのところにあった。

田嶋が「あそこです」と指差す洒落た洋食店風のその店には「RISTORANTE HELL GETEMORNO」と書かれた看板が掲げられていた。

「リストランテ、ヘル…ゲテモーノ？」

白井がそう音読すると、藪内が「藤子不二雄のマンガかよ」と苦笑いを浮かべながらツッコミをいれた。確かにふざけた名前だ。これでシェフがオオカミ男だったら拍手を送ろう。

田嶋が店のドアに手を添えながら、ここのパスタならまだ食べられると思う。何も訊かずに僕の注文する品を食べてほしいと、皆に念を押した。

「どういうことですか？」

白井がそう訊くと、田嶋は「メニューを見ても、それがどんな料理かなんてわからないでしょ。それに、先に何を食べるのかを知っちゃったらまた食べづらくなりますよ」と返した。

俺たちは互いの顔を見合わせた後、無言で頷いた。

田嶋に続いて、恐る恐るドアを通る。喫茶店とファミレスの間ぐらい、といった広さだろうか。ふざけた店名とは不釣り合いの、小洒落た内装の店だった。入ってすぐにカウンターがあり、既に何名かの客が席に着いていた。料理の様子を知りたかったが、幸か不幸かテーブルの上には、まだ料理はあがっていない。

店の奥にあるボックス席に着くと、小柄な鬼が注文を取りに来た。田嶋はメニューも見ずに「ルンブルクス・ルベルスのフリッター添えを五人分」と注文する。

ウエイターが恭しく頭を下げて厨房へ消えると、田嶋はへへへと笑った。

「いいですか。イメージトレーニングですよ。これから、エビの素揚げが添えられたトマトソーススパゲティが来ると思ってください」

その言葉に、坂本が目を輝かせて喜んだ。

「エ、エビ!?　エビのスパゲティが食えるんか！」

「だから、イメージトレーニングって言ってるじゃないですか。過度な期待は持たないでくださいよ」と、田嶋が諭す。

田嶋と白井が、空腹で殺気だった坂本をなだめている間に、人数分の料理は運ばれてきた。白い大きな皿の中央に、ふんわりした湯気をまとった赤いパスタが控えめに盛られている。

その上には、

「どこがエビだ…。どう見てもバッタの素揚げじゃねえか」坂本がガクリと肩を落とした。

「ですから、エビのつもりで。ほら、イメージを膨らませればエビに」

「見えねえよ」

坂本は拗《す》ねた子供のように椅子の背に身体を預け、プイと横を向いて口を尖《とが》らせた。

でも、と、お構いなしに食べ始めた田嶋が続けた。

「モグモグ…、考えてみればヘンだと思いません？」

「何がっスか？」藪内がちょんちょんとバッタをフォークで突きながら訊く。

「だって、何でだろうって思いません？　どうしてエビは『旨そう』って思えるのに、バッタだと抵抗があるんだろうって。エビだって、よくよく見たら、虫っぽいとこ、ありますでしょ。足いっぱい生えてるし、触覚みたいなのも付いてるし。なんでエビは食べられるのに、バッタだと食べられないんですかね。どうしてシャコはOKで、セミはNGなんですかね。ここに来ていろいろ食べてるうちにわからなくなってきたんですよ。ほら、これだって食ってみれば、案外いけますすって」

田嶋はそう言うとバッタをフォークで刺しておもむろに口元に運ぶと、サクサクとわざとらしく音を立てて食べて見せる。

しばらくして藪内が動いた。

「俺……いってみます」

そう宣言して勢いよくバッタを口に運ぶ。嫌いなピーマンを無理矢理食べさせられる子供みたいに目をつぶり、あまり噛まずに飲み込んだ。

「ど、どうですか？」眉を八の字にして見ていた白井が恐る恐る訊く。

「い、意外と……食えないことない、かも、です。旨いかって訊かれたら微妙っスけど」

バッタも食えるもんですね、と引きつった笑顔を見せる。

それを見た坂本がグッと目をつぶり、皿の上のものをエイと頬張った。俺と白井がそれに続く。

結局、あっという間に全員が全てを平らげた。お上品に盛りつけられたその量は、決して皆の満腹中枢を刺激するものではなかったが、それでもやはり、おかわりをもらいたいとは思えなかった。

「いかがでしたか？」

完食した俺たちを見届けた田嶋がニタニタしながら感想を求めたが、味わうというより、勢いに任せて胃に流し込んだだけだから、返答にも困る。

「バッタはさておき、麺も…。やっぱりパスタでは、なかったですよね」

白井がぼそりと答えた。

田嶋以外の面々が、顔を見合わせて無言で頷く。皆、どこかでわかってはいたが、食べ終わるまで口には出すまいと思っていたのだろう。確かにあの頼りない歯ごたえは、パスタではない。

たぶん…

「あれ、ミミズ、ですよね？」

白井がそう言うと、田嶋はニヤリと笑い、メニューをおもむろに開いて「ルンブルクス・ルベルス」はミミズの品種名だと話し始めた。さすがにミミズに品種まであるとは知らなかったが、やはり皆、うすうすは気づいていた。

それでも完食してしまったのだから、空腹の魔力は恐ろしい。昔誰かが、「世界で最高の調味料は空腹である」と格言めいたことを言っていたことを思い出した。

メシを食い終わると、場は田嶋への質問ラッシュとなった。

生活のこと、町のこと、この世界のこと。あらゆる疑問や不安が、次々と田嶋に投げかけられる。

数ヶ月とはいえ、先にこの町で暮らしている分、経験と知識は皆より豊富だ。露骨な先輩面で答えるその素振りは鼻についたが、それでも皆、質問せずにはいられなかった。

坂本の質問内容は相変わらず食い物のことばかりだ。俺は、酒やたばこのことなどを訊いてみたが、ここにはどちらも存在しないから諦めろと言われた。

田嶋は新たな質問を受けるたびに面倒くさそうな素振りを見せていたが、口元が揺るんでいるところを見ると、まんざらでもなさそうだ。


「景洛駅以外からこの町を出ることは、できないっスか?」

藪内がバスで俺に訊いてきた内容を改めて田嶋に尋ねると、カウンターに座っていた一人の客が話に割り込んできた。

「そんなもん、わかってれば、ここにはいねぇべよ」

カウンターに目を向けると、赤いつなぎを着た男が、回転式の椅子をくるりと回して俺たちの方を向き、訛《なま》りのきついイントネーションで話を続けた。

「…あんたらは、いつここさ来た?」

「す、数日前っス。あ、この人だけは、もうちょっと前から」藪内が田嶋を指差しながら答える。

「やっぱ新人さんかい。なに、あんちゃん、ここから出たいってか」

藪内が頷くと、カウンター席の男は満面の笑みを浮かべて言った。

「大丈夫だ、なんも心配することねぇ。メシだって、すぐ慣れるってばよ。そんな毛嫌いしてねぇで、受け入れてみれや。したらさ、他には何の不自由もねぇもの、天国みてえなもんだよ。ここでの暮らしもなかなかいいもんだって」

「いや、そういうことじゃ…」

「なに？　おめ、そんなに虫きらいか？　すったらこだわり、さっさと捨ててまえって。わかってねぇなぁ。そやって自分の常識に縛られてっから苦しむんだべや。『メシはこうあるべき』って決めつけてんのは、自分だべ？　自分でそやって目の前の状況ば拒絶してっから、いつまで経《た》っても苦しいんだべや。そりゃよ、他に選択の余地があるってんならいいけどよ、そうでねぇもの。どうにもなんねぇもの。したら、受け入れてまうしかねぇべ。状況が変えられねぇんなら、自分の常識捨てるほうが楽だべや」

受け入れがたい話だが、確かにそうかもしれない。出される料理に選択の余地はないが、それをどう解釈するかは個人の自由だ。

妙に貫禄のある男の話には説得力があったが、藪内はそこに気を止めることなく、自分の思いを語り続けた。

「いや、だから、そうじゃないんですって。ここでのメシがどうとか、生活がどうとか、そういうことじゃなくて。そんなことより俺、残してきた家族のこととか、そういうことが気になって…」

「それにしたって、それば気にしてどうすんのよ。あんちゃんが墓場から生き返れるわけじゃなし。どうにもなんねぇべや。それによ、ちょっと待っときゃその家族だって、いずれここさ来るんだから。死なねぇヤツなんておらんもの。んだべ？」顔を斜めに傾けて同意を求める。

「いや、そう言われればそうかもしれないっスけど……」

藪内がそう言うと、カウンターの男は何かを思い出したような顔をしてこう続けた。

「あ、あれか。あんちゃん、守護霊になりてぇとか、そういう類《たぐい》のあれか」

「守護霊？　なんスか、それ？」

「あれでねぇの？　案内のヤツに『見守る存在になれ』とか、そういうのば聞かされたんでねぇの？」

「そ、そう！　それっス！」

藪内はガタンと大きな音を立てて立ち上がり、力強く人差し指を男に向けた。

「んだどもなぁ……」男は腕を組んで唸った。

「おじさん、知ってるんスか？　ど、どうすればその、守護霊ってのになれるんスか？」

血走った目を大きく見開いて藪内が訊いた。

「いや、それが…誰も知らねぇんだよ」

「え？」

「あいつらな、そうやって『見守る存在になれ』とか『景洛町を出ろ』とか、しょっちゅうそう言う割には、その方法は一切しゃべらねぇんだわ。なんぼ教えれって言っても、『最低限の法則に気づきなさい』って言うばかりでな」

「なんスか、その最低限の法則って」

「だから、それがわからねぇのよ。教えられるもんでねぇってんだもの。なんぼ訊いても、『自分で気づいてください』つってな。冷てぇもんよ」

それを聞いた藪内は、しょぼんと肩を落として下を向いた。

「あなたは、いつからここに？」白井が話に加わる。

「ん？　オレか？　オレは…どうだべ、かれこれ三十年ぐらいだべか」

「三十年⁉　そ、そんなに長く…」

白井が驚きを隠さずリアクションすると、男はそんなに大げさな話じゃないと手をひらつかせた。

「なんも、オレなんてさほど長いほうでねぇよ。なんでだか、ここでは歳もとらねぇし寿命もねぇからな。長いヤツはもっと長い。ただ、あんまり長くいるとさすがに飽きてきてな、別に不自由はねぇんだけども、それはそれで段々退屈になってきてな。苦労を承知で人間界に行っちまうヤツもよう出るんだわ。だから、何百年もここにいるってヤツには会ったことねぇな」

「そんなに長くいても、ここから出られないんですね…」

藪内がぼそりとつぶやき落胆すると、その様子を見た白井が代わりに訊いた。

「やっぱり、あなたがここに来てから、駅以外からこの町を出た人は知りませんか？」

「聞いたことねぇなぁ。あっ、いや、ちょっと待てよ」

男は顎に手を添え、何かを思い出したように目線を上げた。

「町を出たかどうかはわからねぇ。けど、ある日突然、行方不明になったヤツはいたな……」

「行方不明？」

「んだ。何年前だったたか、ある日突然現場に現れなくなる班がいてな。そういうの、神隠しって言うんだべか。最初は担当の現場が替わったのかと思ってたんだども、それっきり、町でも宿舎でも見かけることがなくなったんだ。景洛駅に行ったとこを見た者もいねぇし、不思議なんだよなぁ。あぁ、思い出してみれば…あんちゃんみたいに、ここを出たがってたヤツらだったかもしれねえな」

そんな会話を聞いているうちに、先日案内係と話したことを思い出した。

俺が、これからずっとここで生活することになるのかと質問したとき、安達は「それはあなた次第だ」と答えていた。この町での生活は、宇宙の基本原理を学び直すための機会として機能している。その原理を理解さえすれば、自由になれると。つまり、この町から出る方法は確実にあるはずなのだ。

そして、カウンターにいる男もまた「最低限の法則に気づけ」と、同じようなことを言っている。

――宇宙の基本原理、最低限の法則
もしかしたら、謎の失踪をした者たちは、その何かを見つけたのかもしれない。この町を出る、何らかの方法を…。だとしたら、それはなんだ。
考えようとしたが、うまく頭が回らない。仕事の疲れと久々の食事のせいで猛烈な眠気が襲ってきたのだ。答えを追い求めても、出てくるのはアクビばかりだった。
間近で聞こえる話し声も、徐々に言葉から意味を持たない音に変わり、さらなる眠気を誘う心地よいＢＧＭとなっていた。

第四章

罠

顎を伝う自分のヨダレの冷たさで我に返って、いつの間にか眠っていたことに気がついた。伸びをしながら視線を上げると、カウンターにいた男が「したっけな」と一言残し揚々と店を出ていくところだった。

浮かない表情のメンバーの様子からすると、その後の会話でも、特に大きな収穫は得られなかったように見える。藪内の目には、またもやうっすらと涙がにじんでいた。

「さて。僕たちも、そろそろ帰りましょうか」

相変わらず先輩風を吹かせている田嶋の一言を合図に、皆で店を出た。

何を話すわけでもなく、すっかり日の落ちた町を力なく歩く。街灯が灯《とも》る町並みは、往路とは別の道のように見えた。すっかり人通りも少なくなり、町は、ひっそりとした静けさに包まれている。足下《あしもと》から聞こえる安全靴の足音と、光に集まる虫たちが街灯にぶつかるバチバチという音が、やけに耳に残った。

街灯を見上げて、あの虫たちも旨そうに見える日が来るのだろうかと考えたら、ウッとゲップが上がり、鼻の奥から虫籠の臭いがした。坂本じゃないが、やはり、まともなものが食いたい。

そう思っていた矢先、坂本がクンクンと鼻を鳴らしながら通りの向こうを指差して大声を上げた。

「田嶋ぁ、明日は、あの店でどうだ?」

坂本の目線の先には、暗がりに煌々《こうこう》と光る電飾看板があった。チカチカと点滅する電球に囲まれた『極楽飯店』の文字が見える。

「ほら、極楽飯店だとよ。地獄のゲテモノレストランより、あっちのほうが旨そうな名前じゃねぇか! それにほら、とんでもなく旨そうな匂いがここにまで漂ってきてるぞ!」

なぁ、と坂本が同意を求めると、白井と藪内が力強く頷いた。が、田嶋は顔を真っ青にして拒絶している。

「ダ、ダメです! あそこだけは絶対ダメです!!」

「なんでだよぅ」呑んでもいないのに、酔っているかのような口調で坂本が絡む。田嶋はアウアウと言葉にならない声を上げて首を横に振るばかりだ。

「なんだよ。そんなにまずいのか?」

「論外です」

「論外? なんだ、虫よりひでぇもんでも出てくるのか」

「いや、そういうことじゃなくて…」

「じゃぁ、何だって言うんだ？」

坂本が口を尖らせていると、田嶋は「ほら、だから、あれ…」と、身体を縮めて店を指差す。振り返ると、その店から血みどろの客が出てくるのが見えた。

「ああいうことなんですよ。あの店に行ったら、五体満足で帰っては来られません」田嶋が右手で目を覆った。

「僕が前に所属していたチームのメンバーが景洛駅に行ったのは、あの店に入ったのが原因なんです。店名に惑わされちゃいけません。この町で、唯一地獄らしい地獄があの店なんですよ。絶対に、近寄っちゃダメです」

田嶋は早く帰りましょうと手招きして、その店から遠ざかろうとした。

「あ、あの人たち、なんで血まみれなんスか？」

藪内の問いに、しょうがないな、とため息を漏らしながら田嶋が答え、歩みを止めた。

「店のことを知らずに入ったからですよ」

「どういうことだ？　あの店で、一体何が起こってるっていうんだ」坂本が、頭から血を噴き出して店を出る客を目で追いながら訊いた。

「殴られたんですよ」

「殴られた？　…誰に？」

「鬼ですよ。現場にもいるでしょ、緑色の怪物が。あの店にも、ビエルと同じ種類の大男がいるんですよ。でも、現場と違ってあの店にいる鬼は穏やかじゃない。何かと難癖をつけては客を殴るんです。それも、バットみたいな棍棒《こんぼう》で思いっきり。…罠、なんですよ。あの店は」

そして田嶋は、あそこはこの町で唯一まともな料理が出てくる店だと続けた。

「な、なんでそういう大事なことを早く言わねぇんだよ！」

坂本が怒りを露わにして責め立てると、田嶋は顔を真っ赤にして叫んだ。

「食えないからですよ！」

その目には大粒の涙が溢れていた。

「そりゃ、本当に旨そうな料理が出てきますよ。でも、それを食わせてはもらえないんです。見るだけしかできないんです！　すぐ手が届くところにご馳走が並んでいるというのに、それを食べようと思えば遮られ、ズタボロに殴られる。それが、どんなにつらいことかわかりませんか⁉」

声を荒らげてそう言うと、一度「ふぅ」と息を吐いて落ち着きを取り戻した。そして涙を拭うと、ここでの立ち話もなんだからと、田嶋は俺たちを自室に誘った。

＊

『ＴＯＭＯＹＡ　ＴＡＪＩＭＡ』のプレートがつけられた１６２１号室は、皆の部屋と全く同じ作りだった。が、同じ作りなのにもかかわらず、印象がまるで違う。その原因は、壁一面を覆う大量の二次元美少女だ。おそらく田嶋のお手製だろうと推測されるイラストの数々が、ハイセンスなリビングを台無しにしてしまっている。

生活臭はほとんど感じられないにもかかわらず、部屋の原型がわからなくなるほど手が加えられた壁と、整然と並ぶフィギアの数々が、田嶋が入居してからの時間の経過を物語っていた。

「うわっ、マジかよこれ。きもっ」

その部屋に入って、一際《ひときわ》あからさまに拒絶反応を示したのは藪内だった。キョロキョロと四方を見回しては、身を縮める。が、この部屋の住人は、どこか誇らしげに胸を張っているように見えた。

「あ、どうぞ。好きなところに座ってください」そう言い残して、田嶋はベッドルームへ向かった。

リビングに残された俺たちは、散らかった画材を除《の》けながら思い思いに腰を落とす。

部屋自体も異様な雰囲気に包まれているが、そこに汚れたつなぎをまとった肉体労働者の面々が顔を向き合わせている光景は、さらに異様だった。

しばらくして、床に胡座《あぐら》をかいた坂本が手元のヘルメットを拳でコツコツと叩きながら、早く本題に入れと田嶋の戻りを急かす。さすが元坊主。袈裟《けさ》をまとっていなくても、ヘルメットを叩く姿が木魚を打っているようで妙に様になっていた。

「さて、お待たせしました」

部屋着に着替えた田嶋がリビングに戻ると、話は再開された。

「とにかく、あの『極楽飯店』は確実に罠です。ここでの生活を送っていくうちにわかっていくはずですよ」

「もったい付けるな」

ここに来たばかりの俺たちにもわかるように説明しろと坂本が声を荒らげた。

「考えてもみてください、おかしいとは思いませんか？　生活に必要な全てのものが無償で提供され、居住空間も娯楽施設も、ありとあらゆるものがハイレベルで満たされているこの町で、どうして食べ物だけがこんな状態なのかと」

「そう言われてみると、確かに不思議だな。なぜだ？」

「もちろん、僕たちを飢えさせるためですよ」

「飢えさせる？　何のために？」

そして田嶋は、すべては極楽飯店へ誘導するためのカラクリであり、食事の問題だけではなく、ここでの生活には、そのための仕掛けがいくつも用意されていると説明した。

「たとえば、ここにもその仕掛けの一つが……」

田嶋はそう言って立ち上がるとリビングを離れ、トイレのドアを開けて中を指差した。

「このディスプレイです」

「ああ、それ。私の部屋にもあります。すごい技術ですよね、用を足すたびに体調チェックできるなんて」白井が感心していると、田嶋はこのディスプレイの本当の意味は、健康管理のためではないと話した。

「このディスプレイは、僕たちの体重が日々減っていくことを実感させるためにあるんですよ。自分の体重が日に日に減っていく状況を目の当たりにすると、飢餓感や空腹感が余計に刺激されてしまうんです。それにここは、食以外のことは本当に充実していますから、食べ物のこと以外で不足や不満を感じることは、ほとんどありません。だから余計に、欲求の対象が『食』一点に集約されてしまうんです。まともな食事で腹一杯になりたいという望みが、日増しに強くなる。だからこそ、おのずとあの店への関心が高まってしまうんです」

確かにそうかもしれないと、皆は頷いた。ここでの生活をほんの数日しか送っていない俺たちでも、その指摘は充分に理解できた。

が、その一方でやはり釈然としないものが残る。

誰もが感じていた疑問を口にしたのは白井だ。

「しかし、一体何のために…。なぜそんな罠が必要なんです?」

「そりゃあ、ここが地獄だからでしょう」

田嶋の返答はあまりにもあっけなかったが、理由としては最も的確かもしれない。そう言われてしまうと、それ以上何も言えなくなってしまった。

「実は…つい先日、僕もあの店に入ったんです」

「なんだって？」田嶋の告白に坂本が目を見開いた。

「その日は、以前所属していた班のメンバーと一緒でした。噂を聞いたんです。まともな料理が出る店があるらしいって。それで、期待に胸を膨らませて行ったんですよ。店の近くまで行くと、本当にめちゃめちゃ旨そうな匂いが漂ってて。それで、たとえ出てくるのが虫料理でも、こんなに美味しそうな匂いがするなら、我慢もできるだろうって。で、みんなであの店に行ったんです。そして、噂は本当でした。あの店のメニューには虫料理が一切なく、正真正銘の中華料理が次から次へと運ばれてきたんです」

皆の喉が一斉にゴクリと鳴った。思わず前のめりで田嶋の話に聞き入る。

「でも…目の前に出された料理を食べようとすると、取り囲む鬼たちに妨害されてしまうんです。無理に食べようとすれば思いっきり殴られ、『食えるものなら食ってみろ』と棍棒を口の中に押し込まれて。結局、誰も料理を口にすることはできず、ただ、血まみれになって店を出る羽目になりました。それが切っ掛けだったんです。僕以外のメンバーが景洛駅に向かったのは」

「でも、見たところ、お前は全くの無傷じゃないか」俺がそう言うと、田嶋は「それは、僕がその状況を怖がって一切料理に手を出せなかったからです」と答えた。

う〜む、と、腕を組んだ坂本が深く唸った。

「やはりその中華、何とかして食べたいな」

だから、それが無理なんだと話しているでしょうに、と田嶋が呆れたが、坂本も負けてはいない。

「しかしさっきの話だと、ここでの生活を送るうちに食べたいという欲求は大きくなってしまうってことだよな？　だったら、結局同じことだ。いまのうちから食う方法を見つけたいじゃないか」

「あの…」申し訳なさげに白井が口を挟んだ。

「もしかしたら、その執着を捨てることこそが大事、ってことはないでしょうか」

「ん？」

「いや、ごめんなさい。私が坂本さんにこんなことを言うのは釈迦に説法かもしれないですが…。その、僕たちの食へのこだわり、『食べる』という執着そのものを捨てさせるために、この仕掛けがあるのだと仮定したらどうでしょう？　仏教ではあらゆる煩悩を消すことの大切さが説かれているんですよね？」

そう尋ねる白井の言葉に、坂本は黙って耳を傾けた。

「現に、さっきのレストランで会った男性も、抵抗せずに現状を受け入れさえすれば、ここも天国と話していましたし。もしかしたら、私はその『現状を受け入れる』ということに背を向けて、自らの生涯を閉じてしまったからこそ、天国ではなく、この町に送られることになったのかもしれません」

自らの過ちを悔いるように、白井が下唇を噛む。が、今度はその言葉に藪内が異を唱えた。

「それはどうっスかね。確かにさっきのオッサンはそう話してたけど、結局この町にいることには違いないじゃないっスか。受け入れたからと言って、天国に行けたわけじゃない」

その通りだ。いくら「現状を受け入れる」ときれい事を言われても、理不尽な状況に甘んじているのが良いとは思えない。

「だとすれば、あとはやはり…『断食』ということでしょうか？」

白井はそう言ったが、毎日の重労働が課せられているこの状況下での断食は、ハンパな精神力では成し得ないと田嶋に指摘された。坂本もそれに便乗して、「苦行は釈迦の勧めたところではない」と、もっともらしく話す。が、その言葉も坂本の口から聞くと、単に自分が食べたいだけじゃなかろうか、と思えてしまうのは、俺だけではないだろう。

その後もしばし坂本と田嶋による「食いたい」「無理だ」の攻防が続いたが、互いに決定打を見いだせないまま深夜0時をまわった。

いかんともしがたい気持ちを抱えたまま、俺たちは自室へと解散した。

第五章　救いの女神

今日も、あけぼの台へ向かうバスは定刻通りに宿舎を出た。この時間の景洛町には、まったくといっていいほど人の気配がない。俺たち地獄の受刑者を町の外へ送り出す数台のバスが黙々と行き交うだけだ。

ここへ連れてこられてから早一週間。宿舎と現場を結ぶ道の景色も、そろそろ見飽きてきた。

「ここが、景洛町と外の街を繋ぐ唯一の接続ポイントです」

バスがトンネルを通過すると、田嶋が自席から大きく身を乗り出して、斜め前に座る藪内に耳打ちしていた。相変わらず景洛町からの脱出を試みようと画策している藪内に、田嶋があれこれアドバイスをしている格好だ。

「失踪した人が自らの意志でこの町を出たとするなら、景洛町を囲う山のどこかに抜け道を見つけたっていう線が濃厚じゃないかな。やっぱり、これだけ警備が厳重なこのポイントを突破できたとは思えない」

田嶋の言葉に藪内はしきりに頷いていたが、それが本当に役に立つ情報なのかどうかは怪しいものだった。現に、数日前から二人でつるんで景洛町からの脱走計画を練っているが、いまだ何の成果も見えていないのだから。

ヒソヒソと会話を続ける二人を観察することにも飽き、俺はまた車窓へと目を移した。

バスがトンネルを抜けて緩やかな山道を過ぎると景色は一転し、きらびやかな街に入る。

窓の外に見えるその街は、景洛町の様子とは対照的な活気に溢れ、幸せそうな人々の自由な往来があった。そう。ここは〝天国〟のドアを通過した者たちの生活エリアだ。

この街のどこかに、あの世の入り口で出会ったあの老人も住んでいるのだろうか。

そんなことを考えながらぼんやりと外を眺めていたら、田嶋との会話を終えた藪内が小さな声で話しかけてきた。

「峰岸さん、聞きました?」

聞いたって、何を?

「坂本さんのことですよ。昨日、白井さんが話してた」

あぁ、そのことか。

藪内が話題にしているのは、例の中華料理店のことだ。あれからずっと「一度でいいから行ってみたい」と騒いでいた坂本がとうとう、一昨日の夜に一人で店に足を運んだらしいと、俺も白井から聞いていた。

「結局店には入らなかったそうだな。土壇場で怖《お》じ気《け》づいたのか?」

「いや、それがどうやら、そういうことじゃないらしいんスよ」

「ん？」

「なんでも、入らなかったんじゃなくて、入れなかったみたいで」

「それは、どういう意味だ？」

俺がそう訊くと、藪内は近所の噂話に花を咲かせる主婦のようなイヤらしい目をして話を続けた。

「あの店、団体客しか対応しないらしいんス」

「団体客？」

「ええ。だから、一人でふらりと立ち寄っても、入れてもらえないって。俺もちょっと興味あったんで、昨日改めて生活のしおりを見てみたんスよ。そしたらその中に、飲食店情報っていうページがあって。そこに詳しく書かれてました」

「で？」

俺がさらに尋ねると、やはりあの店には何かありそうだと、藪内は耳打ちする。

しおりに掲載されているほとんどの店は、住所やジャンルなど簡単な説明しか記載されていない。しかし、たった一軒、極楽飯店のところにだけ『予約制』の表示と電話番号が書いてあるのだと言う。

そして、来店に際しての事前電話予約と、『班単位（五人一組）で来店のこと』という条件があるのだとも。

それをどう思うかと尋ねられたが、俺にはよくわからなかった。ただ、田嶋が言う「なにかの罠」という怪しい匂いは、十二分に感じられる。

「坂本さん、朝からずっと不機嫌そうでしょ。きっと田嶋さんが頑《かたく》なに拒否ってるからですよ。田嶋さんがあのままじゃ、坂本さんがどんなにあの店に行きたいって言っても、入れないっスからね」

藪内が親指で示した席を見ると、確かに口をへの字に曲げた坂本がむっつりとした表情で座っていた。

と、そのときだった。坂本の隣、窓側席に座っていた白井がガバリと鉄格子にへばりついて叫んだ。

「ば、ばぁちゃん！」

いったい何事か。突然の大声に、バスの中にいる乗客の視線が白井に集中した。

「いま、いま！　あそこに、僕の祖母が歩いてたんです！」

興奮している白井に、田嶋が声をかける。

「おばあさん？」

「ええ、間違いないです！　祖母も、私に気づいていたみたいですから！」

白井はそう言って、バスが通り過ぎた道を名残惜しそうに見つめた。

「くそっ、せめてこの窓を開けられたら声をかけられたのに……」

「おばあさんが亡くなられたのは、いつ頃です？」

悔しそうに鉄格子を叩く白井とは対照的に、妙に落ち着いたトーンで田嶋が尋ねる。

「三年ほど前です。まさか、こんなところで再会できるなんて」

「ばあちゃんは、死んですぐにこの街に来たんスかね」藪内が興味津々な様子で話に加わると、白井は視線を藪内に移した。

「どういう意味です？」

「いや、ちょっと気になっただけなんスけど。死んでまっすぐ天国に行けたのか、それとも、地獄ゲートを通ったのか…。ここに住んでるってことは、直接天国側に案内されたか、景洛町に連れてこられたあとに、何らかの方法で町を出たかのどちらかですよね。もし地獄ゲートを通っていたのなら、当然景洛町を出る方法を知ってるはずだと思って…」

「う〜ん。直接訊かないことには、それはわからないですよね。でも、藪内くんの言う通り、もし祖母が地獄ゲートを通ったのなら、確かに脱出方法を知っていることになりますね。ほんの少しでも話ができたらなぁ。ああ、くそっ！　田嶋くん、このバスを途中下車する方法なんかは…」

「あるわけないでしょう！」

＊

あけぼの台の現場に到着して仕事が始まると、藪内が作業を続けながら「相談がありますと話しかけてきた。

「なんだ、相談って」

「いや、突然でなんなんスけど…。峰岸さんって、元ヤクザさんですよね。現役時代に、バスジャックの経験なんてのは、ないっスか」

「バスジャック？　そんな経験あるわけないだろう」

藪内は、ヤクザに対して一体どんなイメージを持っているのか。

「やってみたいんスよ。手伝ってもらえませんか？」

本気で言ってるのかと声が出かかったが、その返事を聞く前から藪内の目はまったく笑っていなかった。

「運転手を脅して、どこかに誘導するわけじゃないんです。ただ、トンネルを抜けた先の街に入ったところでバスを止めて、無理矢理ドアを開けさせるだけでいいんです。協力してもらえませんか」

「で、それからどうするつもりだ？」

「もちろん、街に出て白井さんのばぁちゃんを探すんですよ」

「なんのために？」

「なんのためにって、ばぁちゃんに景洛町を出る方法を聞くために決まってるじゃないですか！」

アホか。そこでバスを降りることができたなら、既に景洛町を出ているではないか。計画といえないほど、あまりにも子供じみている。どうせならもう少しまともな策を考えろと諭すと、藪内は喧嘩に負けた子犬みたいに小さくなって「じゃあどうすればいいんですか」と、足下の資材を蹴った。

そこまでして出たいのか。

「峰岸さんは出たくないんですか？」

そう言って藪内は詰め寄ったが、俺は正直わからなかった。

もちろん、出してやると言われたなら拒否はしない。やはり、虫を食うのは勘弁願いたいからだ。が、それさえ我慢できれば、景洛町での生活は苦とは思えない。むしろ、充分過ぎるほど満たされている。

欲しいと願う前から必要なものは与えられ、自分が想像する以上の住み家があり、組に上納する金を工面する心配をする必要もなく、娯楽が奪われているわけでもない。まぁ、したくもない仕事をしなければならないことと、酒とたばこにありつけないのは、苦と言えば苦だろうか。が、人間界の生活を思い出して比較してみれば、やはり、いまのほうが満たされていると感じてしまうのが正直なところだった。

だからこそ、どちらかといえば危険を冒してまで景洛町を出ようとし続けている藪内の気持ちが不思議だった。

藪内は、しきりに家族との再会を願っているが、もしその願いが叶ったとして、そのとき何を話すつもりなのだろう。守護霊となり、家族や彼女の夢枕に立てたとしても、そこで何を助言するのか。

「人間界より楽だから、早く死んでこっちに来い」か。

――いや、それじゃあ、守護霊じゃなくて死神だな。

俺が返答しないまま、頭の中で自分にツッコミを入れていると、藪内は「ねぇ、どうなんです。峰岸さんは出たくないんですか」と再度声を大きくして同じ質問をぶつけてきた。

「でかい声を出さなくても聞こえてるよ」俺がそう言うと、藪内は「すいません。聞こえてないのかと思って」と、人差し指で耳を示しながら謝った。俺の耳がなくなっているから、わざわざ大きな声を出したのだと。

――ん？　耳？

藪内の一言を切っ掛けに、不意に一瞬のひらめきが舞い降りた。おぼろげなアイデアが消えてなくなる前に、必死で頭の中を整理する。

藪内、もしかしたら、バスジャックなんかしなくても景洛町から出られるかもしれないぞ！

＊

けたたましいサイレンが休憩時間の開始を知らせると、俺は真っ先に坂本のところへ駆け寄った。

「じいさん、教えてくれ」

「なんだ、お前さんがそんなに慌ててるのは珍しいな。どうした？」

「『因果応報』って言葉があるだろう？　あれはたしか、仏教の言葉だよな？」

俺がそう訊くと、坂本はきょとんと目を丸くした。

「因果応報？　ああ、たしかに元は仏語だが、それが？」

「どういう意味だ？」

「どういうって…まぁ、誰もが知るそのままの意味だろうよ。自業自得と同じだろ。自分が行った行為は、その報いを自分の身に受けなければならないっていう」

「それは、悪業の報いってことだけか？」

「いや、そういう意味で使われることが多いが、因果の道理はもともと三つの言葉で説かれていてな」

「三つ？」

「ああ、なんて言ったっけな。そう、悪因悪果、善因善果、自因自果の三つだ。悪を行えば悪い結果が返る、善を行えば善い結果が返る、自分の行いの報いは自分に返るという三つが揃って『因果応報』だ。もともとは、悪業に限った話じゃない。…で、それがどうしたってんだ？」

――自分の行いが、自分に返る

やはりそうだ。俺があのとき、田嶋の耳をそぎ落としてやりたいと思ったから、俺の耳がなくなった。腕を折ってやろうとしたから、資材が俺めがけて倒れてきた。この世界では、悪意がそのままダイレクトに返ってきている。

だとしたら。悪意以外ならどうなるのか。この世界が、因果応報のルールで動いているとするなら、悪意以外もまた、そのまま自分に返ってくる、ということはないだろうか。

少なくとも、善意で俺に危害が生じるとは思えない。どういう結果に繋がるかはわからないが、試してみる価値はある。が、具体的にはどうすればいい？

俺が藪内を地獄から解放したいと願えば、解放させることができるか？

……いや、そうじゃない。

俺は、しばし頭を整理し直してから藪内に言った。

「藪内、俺を景洛町から出したいと願え」

「え？」

「お前がここから解放されたいのなら、俺を景洛町から出したいと願え」

「どういうことですか？」

「説明はあとだ。やってみてくれ」

「いや、もちろんやるのは構わないッスけど…。どうやって願えばいいんです？」

「どうやってって…。どうでもいいから、とにかくやってみろよ！」

俺がそう言うと、藪内はよくわからないという顔をしながらも、両手を胸の前で合わせて目をつぶった。

さて、どうなる。

この場から突然姿を消すか、それとも迎えが来るのか…。他メンバーが俺と藪内の様子を怪訝《けげん》な表情で見守る中、藪内は両手を合わせたまま祈りを続けた。が。

「あの、峰岸さん。俺、いつまでこうやってればいいんスか？」

藪内はあきれた様子で俺を見た。

――何も、起こらない。

しばらく様子をうかがったが、藪内が消えることも、周囲に変化が起こることもなかった。

なぜだ。なぜ何も起こらない。俺が田嶋の腕を折ろうとしたときは、即座に資材が倒れてきたではないか。

願いが本気じゃないからか？

ならばと、今度は自分で目を閉じ、心の中で真剣に念じてみる。

「藪内が景洛町から出られますように……、藪内が景洛町から出られますように…」

ギュッと両手の指を絡ませ、力を込めて願っても、やはり何も起こりはしない。

クリスチャンをまねて十字を切り「アーメン」と付け加えても、手を合わせて「南無阿弥陀《なむあみだ》仏《ぶつ》」と唱えてもダメだった。

何をしても、藪内の姿が消えることも、俺自身に変化が訪れることもなかった。

――こういうことじゃ…ないのか？

「峰岸さん、大丈夫ですか？」

そう声をかけてくる白井の目が、俺を哀れんでいるように見えた。

気がふれたと思われただろうか。確かに、唐突な俺の行動はどう見ても異様だ。

「ま、とにかくメシにしませんか？　僕、弁当もらってきます」

何事もなかったかのように場を取り繕う田嶋の一言が痛い。

そりゃそうだ。こんなことで願いが叶うと言うなら、誰も苦労はしない。まして、毎日念仏を唱えてきたであろう本物の坊主や、毎週末、教会のミサに通っていたという白井ですら、ここにいるのだから。

自分の浅はかさに胸焼けがした。バスジャックを計画した藪内を幼いとあきれたが、神頼みでなんとかしようとした自分のほうがよほど子供じみているじゃないか。

自分らしくもない行動に出たという羞恥心は、そのままぶつけどころのない怒りに変わった。

俺が苛立ちと悔しさで舌を鳴らしていると、背後から笑い声が聞こえてきた。

「残念だったなぁ」

振り向くと、ビエルが右の頬を引き上げてニヤリと笑っていた。

「そう落ち込むな。いい線までは行っていたが……惜しかったな」

惜しかった？　それは、どういうことだ？

「『求めよ、さらば与えられん』ってヤツだな。そのレベルはともかく、最初の一歩は踏み出したということだ。これから何が起こるか、楽しみに待つがいい。ほら、早くせんとメシを食いそびれるぞ」

ビエルはそう言い残し、俺の肩をポンと叩いて立ち去っていった。

＊

やはり俺には、「みんな仲良く」などといった人間関係は不釣り合いなのかもしれない。

宿舎へ帰るバスの中、人の気質はちょっとやそっとじゃ変えられないということを、改めて実感していた。

先ほどの自分の醜態に苛立ちを感じたときから殺伐とした感情が舞い戻り、ここ数日で培われていた穏やかな気持ちが、いとも簡単に崩れてしまっていたのだ。

他人の幸せなどどうでもいい。いまはただ、このモヤモヤとした羞恥と苛立ちを、破壊衝動とともに吐き出したかった。

とはいえ、その怒りを誰かに向けようものなら、それはまた俺の身に返ってくるに違いない。

それがわかっていることが、ことさらに歯がゆさを助長した。

出すに出せない感情が燻《くすぶ》るのを、奥歯を噛みしめてジッと我慢していたのだが、その我慢もいよいよもたなくなってきた。

と、そのときだった。

「あれ、なんですかね?」

そうつぶやく田嶋が眺めている方向に目をやると、中央分離帯に植えられた街路樹の向こう側で、バスに向かって大きく手を振る女が見えた。

身体を揺らし、しきりに何かを叫んでいるが、バスの中に声は届かない。何を話しているのかはさっぱりわからないが、このバスに対してアピールしているのは確実だった。

手を振る女を見た他チームの何名かが、わけもわからず笑顔で手を振り返している中、白井が目に涙をためて黒ぶちの眼鏡を曇らせている。

「どうした」

坂本が心配そうに声をかけたが、白井は嗚咽《おえつ》を抑えるのに精一杯だった。

「バスに酔ったのか?」

真っ赤な顔で口をパクパクさせている白井を見て、坂本が訊いたが返事がない。

「あ、もしかして…」

ハッと目を見開いて田嶋が白井に声をかけた。

「いまの手を振ってた女性、今朝のおばあさんじゃないですか?」

白井は無言で頭を縦に振った。

「ワオ！　やっぱ、人違いじゃなかったんスね。あそこで、バスが来るのを待ってたんだ」

藪内がはしゃぐと、白井は嬉しそうに目尻を下げた。

再度訪れた、死後の世界での祖母と孫の再会。

バスの車内に、映画やドラマにありそうな心温まる雰囲気が漂い始めたのだが、俺はその空気になじめずにいた。

――いいオヤジが、ババァの顔見たぐらいで涙ぐんでんじゃねーよ。気色悪い。

そういう気持ちがもたげてきて、ついつい冷ややかな言葉で場の雰囲気を壊したくなる。

「窓越しに顔を合わせたところでなんだっていうんだ。あそこでバスを降りられるわけでもなし、余計むなしいだけじゃないか」

案の定、俺の一言で皆の表情は瞬《また》く間に固まったが、その様子を見たからといって罪悪感が生まれるわけではない。むしろ、心のモヤモヤを少し吐き出せた清々《すがすが》しさと共に、どこか優越感に似たものを感じている。

思えば昔から、幸せそうな顔をしている人間を見ると無性に腹が立つところがあった。とはいえそれは、恨めしさや負け惜しみなどではない。そいつらのその様子の奥底に、しらじらしい何かが見えてしまうのだ。

幸せそうに振る舞っている人間の姿が、認めがたい現状を包み隠すために、無理に幸せのフりをしているように思えてならない。世のため人のためと微笑みかけてくる者たちの言葉も、自分の至らなさを棚に上げた偽善としか感じられない。だから、というワケでもないのだが、「お前の幸せなど嘘っぱちだ。この世に幸せなどあるものか。それを、俺の手で気づかせてやる」とそのウソを暴いてやりたくなるのだ。

そして大抵の場合、俺の放つちょっとした一言によって、笑顔のメッキは簡単に剥がれ落ちる。

瞬く間に悲壮感や怒りなどの表情に豹変する者たちを見て「ほら見たことか。これが真実だ」と言い放ち、優越感を味わうのが何よりも楽しかった。俺にとって、人の幸せを壊すのは、真実を明るみに出す娯楽だ。

現に、やはり今も気分がいい。さっきは柄にもなく神や仏に祈ってみたりもしたが、それよりも、よほど気持ちがいい。

あ、デフォルトの思考回路がこんなだから、俺は地獄にいるのだろうか。

——と、いうよりも。なぜ俺はいま、こうして自分の心の内を客観的に分析している？

ふと、自分を俯瞰している自分の存在に気がついた。

これまで無意識に流れていた心の声が、素通りせずに頭に残る。

俺は普段こんなことを考えていたのか。これまで気にも留めなかった当たり前の思考が、妙にクリアな形でその姿を表した。

すると、なぜだろう。自分が原因で悲観的な空気が流れ出したのだが、こうして我に返ると、その空気がとても心苦しいものに感じられた。

――ついさっきまでは、毒気を吐く気持ちよさに酔いしれていたというのに。

説明のつかない何かが起きている気がするのだが、それがなんなのかもよくわからない。自分の心境の浮き沈みに戸惑いを感じながらも、気がつくと、無機質な視線を俺に向けるメンバーに「すまん」と謝っていた。

「いえ、峰岸さんの仰《おつしや》る通りです。確かに、バスの中から祖母の顔を見たところで、何ができるってわけじゃないですから…」

白井が眼鏡の曇りを上着の端でぬぐう。

すると、何かを思いついたのか、田嶋が表情を変え、興奮気味に鼻息を荒くした。

「ちょっと待ってください、何もできないってことはないと思います！　話してみましょうよ、おばあさんと。今朝藪内君が言ってたように、もしかしたら景洛町から出る方法を知ってるかもしれません。もちろん、また会えなきゃ無理な話ですけど、さっきの様子だと、明日の朝もあそこで待っててくれてそうじゃないですか」

話すったって、どうやって。それができないのがもどかしいのではないか。

「バスがすれ違う時間なんて一瞬っスよ。それに、あんなに叫んでたみたいなのに、声もまるで聞こえない。多分、こっちの声も届きませんよ」

藪内が言い終わると、田嶋はニッと歯茎を見せて笑った。

「ええ、もちろん普通に話すなんてことはできないですよ。でも、時間をかければ対話も可能だと思うんです」

「ん？　なんだって？」坂本が身を乗り出して話に割り込む。

「うまく行くかどうかわかりませんが、やるだけやってみましょうよ。バスが宿舎に着いたら作戦会議です。皆さん、着替えたら僕の部屋に集まってくれませんか」

そう言うと田嶋は、親指を立ててウインクした。

＊

俺たちを自室に招き入れると、田嶋は景洛町センタータワーの品揃えの充実さを興奮気味に語りながら、大きなスケッチブックと油性マーカーをテーブルに置いた。

「ほんと、あそこには何でもあるんですよ。これも以前もらってきたものなんですけど、さっきの件に使えるんじゃないかと思いましてね」

そのスケッチブックに、坂本が手を伸ばす。おもむろにページをめくると、制服のスカートがまくれ上がっている女学生や、淫靡な目つきで手招きする猫耳の少女など、田嶋の性癖が露骨に表現されたイラストが次々に現れた。

「クオリティが高い分、余計にキモい」覗《のぞ》き見た藪内が仰け反る。

坂本はスケッチブックを手にしたまま、怪訝な顔で首をひねった。

「この絵を白井の婆さんに見せてどうなるってんだ？」

「ぼ、僕の絵は関係ないですよ！」

田嶋はそう言って坂本の手からスケッチブックを取り戻すと「使うのはこっち」と、乱雑にページをめくり、白紙のところを広げてみせた。

「で？」

坂本同様、眉間に皺を寄せた面々が一斉に田嶋の顔を覗き込む。

「わからないですか？　メッセージを書くんですよっ！　声は届かなくても、文字を見せることはあのバスの中からでも可能でしょう⁉」

田嶋はその場に立ち上がって、スケッチブックを叩きながら力説した。

「作戦会議って、まさか…、それだけのことじゃないっスよね？」

藪内が話の先を求めると、田嶋は顎の肉を揺らして口を尖らせた。他に何かいい方法があるなら言ってごらんなさいよ、と額に青筋でも浮き出そうな勢いで高揚している。

「そうですよね。田嶋くんの言う通りです。他にアイデアがあるわけでもないですし、やるだけやってみましょうよ」

白井がやんわりと田嶋の提案に応じ、スケッチブックを引き取った。

「さて、何て書いたらいいですかね」

白井は、しばし天井を見上げた後、奥歯がかゆくなる音を立てながらスケッチブックいっぱいにマーカーを走らせた。

遠くからでも見えるようにと、同じ箇所を何度もなぞって文字を太らせる。

黙々とスケッチブックに向かう白井からは「どうか、このメッセージが届きますように」という強い思いが感じられた。

「よし、できた」

白井はスケッチブックを大事そうに抱えて玄関へ移動すると、リビングにいる俺たちのほうへ向けメッセージを掲げて見せた。

《助けて！》

「ええ⁉ それだけっスか?」

もっと具体的なメッセージにするべきだと藪内が提案したが、視認性を考慮するならこれぐらいでちょうど良いと、最年長の坂本が却下した。確かに文字数が増えればそれだけ一文字の大きさも小さくなってしまう。しかし、だからといって本当にこれでいいのだろうか。俺も藪内同様疑問を感じたが、その後はさほど話し合いがなされることもなく、三対二の多数決で「このままで良し」ということになった。

このままバスに持ち込むのは邪魔になりそうだからと、田嶋がペリリとページを破り、丁寧に畳んで白井に手渡した。

折られた紙に向かって坂本が手を合わせて拝む。

決行は明日。作戦と言えるほどの内容ではないお粗末な出来ではあったが、この頼りない一枚に五人の希望が託されているのは確かだった。

＊

俺は毎日ベッドルームのアラームを六時三十分に設定して眠りについているのだが、いつもそのベルを聞く前に目が覚めてしまう。

この宿舎では、部屋に備え付けられている時計に「AM 06：00」と表示されると、寝室とリビングのカーテンが勝手に開くのだ。窓から差し込む朝日がジリジリと顔に照りつけ、俺を叩き起こす。

たった三十分程度でも、予定していた時刻より早く起こされるのは不愉快なものだ。

着る服を選ぶこともなく、強制的に与えられたつなぎを着るだけだし、特に身だしなみに時間をかけたいワケでもない。朝食が用意されることも、新聞が届けられることもないから、集合までの時間を中途半端に持て余してしまうのだ。どうせ時間を余すのならば、五分でも多くベッドに入っていたい。

ここ数日は、布団をかぶって朝の光と格闘するのがすっかり日課になってきていたのだが、今朝はそんな心配をすることもなく、初めてアラームの音で目が覚めた。

ベッドからもそもそと這《は》い出て部屋を見ると、まだ暗い。

誤って早くベルが鳴ったのかと思い時計を見たが、黄緑色のデジタル表示は「AM 06：30」と映し出しているし、窓を見てもカーテンは開いている。

硬直したままだった目頭を揉んで窓を開けてみる。外は厚い雲に覆われた雨模様だった。

——あの世でも雨は降るのか。

暢気《のんき》にそんなことを思ったその後、ふっと黒い予感に襲われた。

「この天気でも……」

そこまで言葉に出したところで、その先を無理矢理かき消した。これまで同様、思ったことがそのまま現実になっては困るのだ。

ザッと簡単にシャワーを浴びて、つなぎを着た。

時刻は六時四十五分。少し早いが、窓の外にバスが見えたので部屋を出ることにする。

まだ誰も来てはいないだろうと思ってバスに乗ったのだが、そこには藪内、坂本、田嶋、白井の四人が早々と座っていた。

「やっぱり、みんな気になってるみたいでね。バスが来る前からロビーでソワソワしてたよ」

白井はそう言うと、折りたたまれたあの紙を見せた。

しばらくして、田嶋が貧乏ゆすりを始めた。バスが出発するまでのわずかな時間がじれったいのは、皆同じらしい。

「しばらくやみそうにねぇな」

バスの中から灰色の空を見上げて坂本が言うと、続けて田嶋が「おばあさん、この雨でも来てくれますかね」と、先ほど俺がかき消した言葉をためらうことなく口にした。

「大丈夫だよ。…多分」

他の班の連中がぽつぽつとバスに乗り込んでくる中、白井が頼りない調子でそうつぶやく。

六時五十八分。最後の一人が乗り込み着席すると、バスはクラクションを一つ鳴らして出発した。

昨日見たあの場所に、今日も白井の婆さんは立っているだろうか。

つい昨日までは、特に無理をしてまで景洛町を出ることもなかろうと思っていた俺も、こうして、もしかしたら出られるかもしれないという状況を眼前にさらされると、いとも簡単に「出られるものならすぐにでも出たい」という衝動に駆られてしまっていた。

ちょっとしたことでコロコロ態度が変わる、曖昧な自分の気持ちがおかしい。

どちらかと言えば冷ややかに世間を見てきた自分が、期待に胸を膨らませて無邪気に高揚している。まるで、遠足のバスにでも乗っているかのような、幼い自分がいることに、自分で驚いていた。

そんな自分を恥ずかしく思ったと同時に、心の奥に「そう易々《やすやす》と出られるものでもないだろう」と毒づく黒い影が現れた。どちらかと言えば、この影のほうが自分にはなじみ深い。

——大丈夫だろうか…。

そう考えれば考えるほど影は存在感を増し、悲観的な言葉を連ねていく。

「そんなに簡単に出られるものならば、何十年と景洛町に留まる者も、景洛駅に向かう者も、そう多くはないはずだ。それにこの天気、婆さんがいるかどうかもわからない。いたとしても、メッセージが届くかどうかもわからない。まして、届いたところで、助け出せる術《すべ》を持っているとは思えない」

黒い影は最後に「大丈夫なワケないだろう。期待するだけ無駄だ」と、舌を出して笑った。

そしてまた我に返り、影をかき消す。

一体俺は、一人で何をしてるのだろう…。自分の中で分裂するいろいろな自分に呆れているうちに、バスはあの街へと入った。

するとまた、かき消したはずの黒い影が、姿を変えてまた顔を覗かせる。

昨日と同じルートだろうか。もしかすると別な道を通っているかもしれないと、ソワソワしてしまう。

かき消せどかき消せど、表情を変えて現れる黒い影。そのしつこさに、いよいよ腹が立ってきた。が、同時に妙な気持ちになった。

俺は、一体誰に腹を立てている。……自分だ。

ならば、しつこくしなければいいじゃないか、俺。

いや、自分の思い通りにならないということは、これは俺じゃないのか？

……やはり昨日から何かおかしい。自分を俯瞰する自分に、ワケがわからなくなってくる。

そんな、混乱している俺を現実に引き戻したのは、田嶋の一言だった。

「いたっ！　あれ、多分おばあさんですっ！」

フロントガラスに打ち付ける雨をワイパーがかき分けるその向こうを、田嶋は指差した。

そこに見えたのは、傘を差して街中を歩く人々。その往来の中に、ひときわ目を引く浮いた存在が一人いた。

この雨の中、傘も持たずに立ち止まっている女。バスの進行方向左側の歩道に立つ彼女は、大きな街路樹の下、傘の代わりに大きな板を頭に載せて雨を避け、じっと車道を見つめていた。

白井はそれを確認すると、慌てて昨夜用意した紙を広げてバスの外に向けて掲げる。

「見えないよ！」紙で視界を塞がれた田嶋が、素早く席を立って外の様子をうかがい直した。

「間違いないですよね？」

白井の肩に手を添えて田嶋がそう訊くと、白井は黙って頷いた。

バスは、あっという間に女に近づく。老婆がバスの中で手を振る俺たちに気づくと、雨を避けていた板を頭の上に立て、掲げて見せた。

もちろんバスは、そこでスピードを落とすことも、停車することもない。我関せずといった体《てい》でしぶきを上げて彼女の前を横切り、そのままあけぼの台に向けて走り続けた。

俺は、小さくなっていく彼女の姿を目で追い続けながら、次に口にする言葉を必死で探していた。

この状況に対して、なんと言うのがふさわしいのかわからない。それ以前に、いま目の前で起きた出来事を、どう解釈するのが正しいのかが、わからなかった。

婆さんは、俺たちのメッセージを受け取る前から気持ちを察していたのだろうか。

俺たちがスケッチブックにメッセージを書いたのと同じように、彼女はホワイトボードにメッセージを綴《つづ》り、それを掲げて見せてくれたのだ。そこまでは、誰から見ても明確。

が、問題はそのメッセージの内容だ。

しばしの沈黙のあと、口火を切ったのは坂本だった。

「…あれは、どういう意味だ？」

その質問に「諦めろ、と、いうことでしょうか…」と答えたのは藪内。

そのボードを見たのは一瞬のことだったが、それほど長くはない文章。多分、メンバーは皆、見逃すことなくそのメッセージを読むことができただろう。

だからこそ、坂本はその意味を訊いている。

俺も、最初は自分の読み違いかと疑った。しかし、その言葉を受け入れられないでいるのは、坂本や藪内も同じようだ。

白井と田嶋はどう思っているのか。

彼女の掲げたボードには、大きく《貴方には、自分の願いを叶える力はない》と書かれていた。

「だとしたら…、やりとりはこれで終わりか？」

坂本がそう続けると、横にいた田嶋が大きくかぶりを振った。

「あれは、決して『諦めろ』ということじゃない。おばあさんは、また来てくれると思います。多分。いえ、確実に」

田嶋はいつになく聡明な目をしてそう言うと、さらに声を強くしてこう続けた。

「坂本さんには見えませんでしたか？　あのボードには《貴方には、自分の願いを叶える力はない》という言葉のその上に、小さく①と書いてあったんです。〝①〟ということは、〝②〟があってしかるべきですよね。おばあさんは、明日の朝も、いやもしかしたら今日の帰り道にでも、それを見せてくれるかもしれない」

＊

夕刻。あけぼの台を離れて、走ること二十分。

雨で気温が下がった現場から、濡れたつなぎを着た男たちが大量に乗り込んだせいだろう。

帰りのバス内は、むわんと湿る生温かい空気が充満し、視界を塞ぐように内窓を曇らせていた。

今朝、白井の婆さんが立っていたのは、この先の信号を右に曲がって間もなくのところだ。決して見逃すまいと、藪内と白井が鉄格子の隙間に手を滑り込ませて、窓についた結露を神経質に拭き取っている。

その後ろでは、田嶋が「大丈夫、絶対いますって」と言いながら、曇り窓に落書きを書いていた。あの場所に、婆さんがいるという確信があるのだろう。その姿には、藪内や白井と対照的な余裕が見えた。

「そろそろ、ですね」

白井の声に合わせてウインカーが点滅し、バスは右折した。メンバーは一様に前屈みになって目をこらす。

乗車する前から役割分担は決めていた。約束通り、田嶋が前を、藪内が右を、白井が左を確認する。俺と坂本は、それをカバーするようにキョロキョロと視線を移動させていた。

そろそろ姿が見えてもいい頃なのだが、誰からも婆さん発見の声は上がらない。

右へ、左へ、前へ、後ろへ。視界を最大限に広げて四方を見回したが、とうとう「いた！」という知らせを聞くことなく、バスはあの場所を、そそくさと通り過ぎてしまった。

「どういうことだ。なんでいない？」

坂本が、不機嫌そうに田嶋を小突く。

「いや、僕に言われても…」

「誰だよ、『絶対にいる』なんて言ってたヤツは」

坂本の声に合わせて、メンバー全員ががっくりと肩を落とした。

が、誰もが諦めかけたそのとき。白井の「まさか…」の声を合図に、さらなるサプライズが訪れた。

バスの左側に向けられた白井の目線の先には、バスの速度に合わせて併走する白いワゴンがあった。その車の窓が下がると、後部座席に、満面の笑みを浮かべてたおやかに手を振る婆さんの姿が見えた。

予想外な登場の仕方に、俺たちの鼓動は一気に高まった。

彼女は白井と目が合うと、スケッチブックを取り出して、こちらに示した。

《今朝の伝言は読めた？》

白井が窓にへばり付いて頷くと、彼女はスケッチブックのページをめくり、新たなメッセージをバスに向けて掲げる。

《これから伝えることを忘れずに持ち帰って》

白井が親指と人差し指で輪をつくり、そのメッセージを確認したことを告げると、彼女はページをめくり次々とメッセージを示してくれた。

《② 記憶と思いが、現実を創る》
《③ 与え合えば、奪い合う必要はない》
《④ 願いは、願いを手放したときに叶う。祈りは、祈りを手放したときに届く》
《⑤ 天国にあって地獄にないもの。地獄にあって天国にないもの》

次々と提示されては消える、わかりそうでわからない文章の羅列を前に、俺は軽い目眩《めまい》を覚えた。

白井はしきりに頷いてはいるが…、俺はと言えば、すでに二つ目のメッセージが朧気《おぼろげ》だ。とても大切なことを教えてくれているのだろうとは思うのだが、メモを残せる何かを持ち合わせているわけでもない。突然訪れた、記憶力だけが頼りというこの状況に「これ以上、覚えられるだろうか」という思いが現れる。

すると、まるで俺の不安に気づいたかのように、彼女を乗せた車はバスから離れ、俺たちの視界から消えた。

≪天国と地獄の違いに気づいたら、極楽飯店へ！≫という、最後のメッセージを残して。

第六章 解読

誰の人生においても、一度や二度は経験があることだろう。想像もしていなかったアクシデントや思わぬ幸運。それらは時に、大きなうねりとなって連続して起きることがある。

今、俺の目の前で次々に展開される想定外の出来事は、はたして幸運だろうか、アクシデントだろうか。

あの後、昨日の雨は、その勢いをさらに強めて台風並みの暴風雨となり、そして、それはまた予期せぬ出来事へと繋がった。

朝六時。今日俺を目覚めさせたのは、窓から差し込む光でも、アラームの電子音でもない。ここに来てから初めて聞いた「ピンポンパンポン♪」という鉄琴の音色。そして、その音に続いて流れた館内放送の声だ。

暴風雨のため、建設担当班の本日の業務は中止と告げられ、本来あるはずのない休息が訪れた。

それが、午前十時を過ぎたにもかかわらず、俺たちがこうして田嶋の部屋に集結している理由だ。

俺の目の前には、出来の悪いロダンの彫刻が四体。

眉根を寄せて顎に手をやり、広げられたスケッチブックを囲んで唸っていた。

1．貴方には、自分の願いを叶える力はない
2．記憶と思いが、現実を創る
3．与え合えば、奪い合う必要はない
4．願いは、願いを手放したときに叶う。祈りは、祈りを手放したときに届く
5．天国にあって地獄にないもの。地獄にあって天国にないもの

スケッチブックには、白井の婆さんが告げた五つのメッセージと、大きな丸に囲まれた「極楽飯店」の文字が綴られていた。

「お婆さんが極楽飯店の存在を知っているということはつまり、この景洛町の中を知っているってことですよね。と、いうことは、先日藪内君が推測していた通り、お婆さんは何らかの方法で景洛町を脱出してあの街に入ったと考えて間違いない、ですよね？　しかし解《げ》せないのは、脱出方法を知っているはずにもかかわらず、その具体的な方法ではなく、なぜこのような回りくどいメッセージを提示したのか。そこです…」

顎に手を当てながらの右往左往。田嶋は一人立ち上がると、探偵ドラマの主人公気取りでウロウロしながら張り切っている。

「知っているなら、はっきり教えてくれればいいのに」

そう言う藪内に、田嶋は「やはり、何か具体的なことを提示できない理由があったんでしょうか」と相づちを打っていたが、俺は素直に頷けずにいた。

確かに、どういうふうに解釈すればよいのかわからない言葉もある。が、これらのメッセージは、本当に「回りくどい」という質のものなのだろうか。俺にはそこが引っかかっていた。

「記憶」という単語についてはいまいちわからないが、「思いが現実を創る」というのは、既に経験済みだ。確かにこの世界はその法則で動いている。それによって、現に耳がなくなり、腕を折りそうになったのだから。

それと、「与え合えば、奪い合う必要がない」というこれもわかる気がする。

ここに来てすぐ、安達から聞かされていたことと同じだ。こうして示される前から、この景洛町自体が、それを体現している。

すでにあらゆるものを与えられているから、奪おうと考えることさえいらない。足りないものや欲しいものがあるなら、強奪するよりセンタータワーに行ったほうが手っ取り早いのだ。

もしかしたら、他のメッセージについても、具体的な法則のことが書かれているのではないかと思えた。

――だとしたら。

《願いは、願いを手放したときに叶う》

　これを素直に実行したら、景洛町から出られることになる。

「出たいという願いを捨てたら、出られるのか?」

　俺は、誰に訊くワケでもなくつぶやき、勝手な推理を続けた。

《貴方には、自分の願いを叶える力はない》とは、一体どんな意味だろうか…。《願いは、願いを手放したときに叶う》という言葉と一緒に考えるなら、「諦めろ」というふうに思えなくもない。

　しかし、「出たい」と思わずに、どうして出られるというのだ。それに、『求めよ、さらば与えられん』と、ビエルも口にしていたではないか。全く逆の論理だ。

　さらに、もっとわからないのが、法則と極楽飯店の関係だ。法則に気づいたとしても、それと暴力中華料理店に、なんの関連性があるというのか。

　誰もが口をへの字に曲げて唸り、何の糸口も見いだせずにいた。

「まさかとは思うのだが…。田嶋、ちょっといいか?」

　坂本が唐突に口を開き、田嶋に妙なことを訊き出した。

「いや、ちょっと訊いておきたくてな。お前さんが極楽飯店に行ったときのことを教えてくれ。極楽飯店にあった箸、妙に長くなかったか?」

　なんだそれは。

質問の意図がさっぱり見えない。俺はもとより、白井も藪内もきょとんとしている。

そして、田嶋の返答を聞いて、俺はもっとわけがわからなくなった。

「え…。坂本さん、なんで知ってるんですか?」

坂本は、田嶋の返答を受けると目を丸くし、信じられないといった表情で自分の頬をパンと叩いた。そして今度はその手で田嶋の後頭部を思いっきりひっぱたいた。

「ったくお前ってヤツは! どうしてそういう大事なことを先に言わねぇんだよ、そりゃ、地獄の三尺箸じゃねぇか」

「地獄のサンジャクバシ?」白井と藪内の声が重なる。

すると坂本は「修行時代、どこかの法話の席で聞いた物語があるんだ」と前置きして話し始めた。

「死後の世界の物語なんだがな、天国も地獄も含めて、あの世にはメシを食える店がその一軒しか存在しない。天国にいる者も、地獄にいる者も同じ店でメシを食うことになる。そこで振る舞われる料理は、内容も量も、全く同じ。天国にいる者は皆食事を楽しんでいるのだが、地獄の住人は、誰一人として、料理を口にすることができなかったんだ。なぜだと思う?」

その質問にすぐさま答えたのは田嶋。

「だから、地獄の人が店に入ったときは、鬼が邪魔をして食わせてもらえないんでしょう?」

「いや、違う。その店の食器に触ると、不思議なことが起こるんだ」

頭上にクエスチョンマークを並べているメンバーを見下ろして、坂本は誇らしげに笑った。

「肘が曲がらなくなるんだ」

「……え？　どういうことです？」

「その店で出される椀を持つと、腕が伸びきって曲がらなくなってしまう。だから、椀を手にしても自分の口に運ぶことができない。そして、今度は箸を持つと、その箸が如意棒のように伸びて、長さが三尺を超える。三尺ってのは、だいたい九十センチぐらいだよな。だから、箸で掴んだものを口にすることもできない」

「天国の人は、その魔法にかからないってことっスか？」藪内がそう訊くと、坂本は大きくかぶりを振った。

「バカ、違うって！　だからこれだよ」そう言って坂本はスケッチブックに記されたメッセージを指差した。

「貴方には、自分の願いを叶える力はない。与え合えば、奪い合う必要はない。まさしくこのことじゃないか！　地獄の連中は自分で食おうとしたからこそ食うことができなかったんだ」

坂本は興奮気味に声を上げたが、俺たちは相変わらず話が見えないまま、口をぽかんと開けていた。

「ったく、どうしてわからねえんだよ！　いいか、もう一度言うぞ？　器を持てば肘が伸びる。箸が長すぎるから料理を自分の口に運べない。自分で食おうと躍起になっても、決して食えないんだ。だから、天国にいたヤツは自分の箸でつまんだ料理を、自分の口に運ばずに、他人の口に運んでやったんだよ！」

「ああっ!!!」

坂本が説明した単純すぎる種明かしに、メンバーが一斉に声をあげた。

「えっ、…ってことはつまり、その話は実話で、極楽飯店でもそれが通用するってことっスか!?　その物語みたいに誰かが誰かに食わせてやれば、鬼に殴られずにメシが食えるってことっスか!?」

藪内が興奮気味に捲《まく》し立てた。

「いや、さすがに実際はどうかわかんねぇ。けど、可能性としては充分考えられるんじゃないか？　それにもし、この物語が実話なのだとしたら、得られるのはメシだけじゃないかもしれん」

坂本はそう言って意味深な笑みを浮かべると、話をこう締めくくった。

「この物語はな、こうやって終わるんだ。『地獄の住人が互いに助け合い、無事に食事を終えたとき、店を出ると、そこは天国になっていた…』ってな」

今この場、この状況で聞いていなかったら、坂本の語った物語も、ただの道徳的なおとぎ話だと、苦笑すらせずに聞き流していたことだろう。

芥川龍之介の「蜘蛛《くも》の糸」に、太宰治の「走れメロス」。このような説教めいた物語は、幼い頃から幾度も耳にしていた。それらを聞かされたり、音読させられるたびに、げんなりとしたものだ。
が、今は違う。
自分の中にある記憶の全てが、一瞬にしてその意味を変えてしまった。もしこの場に蜘蛛の糸が垂れようものなら、自ら進んで交通整理でもしそうな勢いだ。
白井の婆さんが示してくれた五つの言葉と、ここ数日気になっていた「宇宙の基本原理」「最低限の法則」、そして、これまでの人生の全てが、意外にも胡散《うさん》臭い坊主が口臭混じりで語った物語によって一つに繋がったのだ。
時間にすれば、カウントすらできないほど一瞬のことだったが、その一瞬の中では、ありとあらゆるものがハッキリと理解できた。何が疑問だったのかもわからなくなるほど明確に。
《貴方には、自分の願いを叶える力はない》
《記憶と思いが、現実を創る》
《与え合えば、奪い合う必要はない》
《願いは、願いを手放したときに叶う。祈りは、祈りを手放したときに届く》
《天国にあって地獄にないもの。地獄にあって天国にないもの》

なぜ今の今まで、これほど単純なことに気づけなかったのだろう。俺は、そのあまりの馬鹿馬鹿しさに思わず吹き出しそうになったが、意に反して笑いよりも先に涙が出た。

自分でもその根拠を明確にできずにいたが、それでも、極楽飯店に行けば景洛町を出られることは間違いないという確信があった。

あの日、地獄のゲテモノレストランで出会った男に聞いた「謎の失踪」を遂げた者たちは、極楽飯店から景洛町を出たに違いない。

班単位でしか予約が取れない店。だからこそ、班の全員が同時にこの町から姿を消したのだ。

そうとわかれば、やることは一つしかない。

「行こう。極楽飯店に」

涙を拭ってそう言おうとしたら、すでに白井がしおりを手に電話をしていた。

「はい、そうです。予約をお願いします。えーと、あけぼの台公団住宅B棟建設チーム四十八班です。…はい、五名揃っています」

電話する白井の様子を、メンバーは皆息を殺して見守っていた。極楽飯店に行くことを拒否し続けていた田嶋も、もう、止めようとはしていない。

「え、昼食ですか？　い、いえ、食べていませんが。…そうですか。じゃあ、それで。…はい、お願いします。…え？　本当ですか？　…はい、宿舎の入り口ですね。…はい、…は、はぁ、では、よろしくお願いします」

白井は予約の電話を終えると、ゆっくりと目を閉じながら受話器を置いた。電話に触れる指先が、かすかに震えている。

「今日は雨が激しいので、ここまで送迎の車を出してくれるそうです」

「いつ？」坂本が目をぎょろつかせて訊いた。

「十二時半に、この宿舎の車寄せまで迎えに来ると」

「じゅ、十二時半⁉ もうすぐじゃねぇか！」

「夜はすでに予約が入って満席なのでランチコースなら、と言われたもので。まずかったでしょうか…」

「いや、まずいって言うか、なんかこう、こ、心の準備ってもんが……」

トントン拍子の展開に坂本が身体をうねらせてうろたえていると、「ついさっきまで胸を張って力説してたのは坂本さんじゃないですか。いまさら心の準備って」と、田嶋がすかさずツッコミを入れる。

「いや、だからと言って、すぐ予約しろとは…」

行きたい者と戸惑う者。数日前とは、すっかり立場があべこべだ。

「とにかく、数時間後には、俺らは景洛町を出られているってことでいいんスよね？」

藪内がニコニコしながらそう訊くと、白井が「少なくとも、久しぶりにまともな食事ができそうですね。ま、ダメならダメで、そのときは坂本さんの責任で」と、金歯を見せて引きつり笑いを浮かべる坂本を見て笑っていた。

極楽飯店からの迎えの車が宿舎に到着するまで、残り一時間数十分。

白井が予約の電話を切ってから、中途半端な空白が生まれた。こういった場合、男同士だと会話もさほど盛り上がらない。

最初のうちは「何が食えるか」などといった話題で場が和んでいたが、話が尽きると同時に沈黙ができ、何をするということもなく、ただ時間だけが流れていた。

人は、何をするということもなく過ぎる時間の中にいると、いろいろと考えてしまう癖があるようだ。

ボーッとしているように見えても、頭の中では絶えず独り言が巡っている。

その状態は、あまりにも当たり前に慣れ親しんだものになっていて、自分がそうして考え事をしていることすら、普段の生活の中では見落とされてしまう。こうして無言の独り言をつぶやいていることにさえ気づけてはいない。

まさに、俺も今こうしてアレコレと考えているのだが、これまでとは明確に違う何かがある。

そう、自分の思考を他人事のように観察している別な自分がいるという、数日前から現れたこの奇妙な感覚こそが、その何かだ。

これまで無自覚に流されてきた思考を、流すことなく客観的に把握できているというこの状態が不思議でならない。

そして、その感覚は、うっすらとした違和感と共に、俺にある気づきをもたらしてくれていた。

何かに集中し、状況に適した意識的な思考と、無自覚に流されている独り言。

暇さえあれば無自覚な独り言が続いているのだから、その配分を切り分けたとしたら、意識的な思考よりも、無自覚に流されている独り言に費やされている時間のほうが、圧倒的に多い。

だとすれば、だ。

婆さんが伝えてくれた「思考が現実を創る」という言葉が文字通りの意味ならば、俺の目の前にある現実のほとんどは、無自覚に流されてきた独り言によって創り上げられたと言っても過言ではない。

なんと馬鹿馬鹿しいことだろう。俺は今まで、自分の「無自覚な思考」によって、無意識に現実を創り上げ続けてきたのだ。

そして、もう一つの問題は、「無自覚な独り言」のその内容にある。

振り返ってみると、俺の独り言のほとんどは、不平不満や何かへの恐れ、保身や怒りなどといった、ろくでもないものばかりだった。

暇さえあればそんなことを考えていたのだから、それ相応の現実に身を置いていても当然ではないか。

これまでの人生の中で、思い通りにならない出来事に遭遇するたび、心のどこかで「やっぱりダメか」などといった落胆があった。

が、よくよく考えてみれば、「やっぱり」と感じられるということ自体が、「あらかじめその可能性を知っていた」ということに他ならない。

沈黙が流れる部屋でそんなことを考えていたら、しばらくして藪内が口を開いた。

「マジで、大丈夫なんですかね。自分で食わずに、人に食べさせるってことだけで…」

つい先ほどまで目を爛々《らんらん》と輝かせていたのだが、その表情には、ものの数分で陰りができていた。多分、この沈黙の間に、藪内の頭の中でも独り言が巡っていたのだろうと思えた。

「あ、いや、すんません…。別に、否定してるつもりはないんですけど、なんて言うか、それだけじゃないんじゃないかって」

「どういうことですか?」と、しおりに目を通していた白井が訊く。

「おばあさんのメッセージ。まだ、意味のわからないとこ、あるじゃないっスか。坂本さんの話からすると、《貴方には、自分の願いを叶える力はない》と《与え合えば、奪い合う必要はない》ってのは、そういうことなのかなって思うんですけど、他のは、どうなんですか? 例えばこれ、《天国にあって地獄にないもの。地獄にあって天国にないもの》って、一体なんです?」

藪内がそう言うと、坂本が眉間に皺を寄せながら「そりゃお前、天国に行ってみなきゃわかんねぇじゃねぇか」と答えていたが、多分、婆さんが伝えたかったのはそういうことではない。

「そうじゃない！　俺が説明する」

そう口にしている自分がまた、不思議でならなかった。

「婆さんは俺たちに、望みを叶える方法を教えてくれたんだ」

「望みを叶える方法…？　それと、このメッセージになんの関連があるんスか？」

「天国にあって地獄にないもの。地獄にあって天国にないもの。それが、願いを叶えるために知っておくべき大切な要素なんだ」

「いや、すみません。さっぱりわからないっス…」

くそっ。つい勢いで俺が説明するとは言ってみたものの、これをどう話せばいいものか。わかってはいるのだが、それを話そうとすると、どうにも言葉に詰まってしまう。

言葉にしたとたんに、大切な何かを逃してしまうような歯がゆさを感じながら、何とか話を続けた。

「あのな、俺たちは、これまでもいくつも願望を実現させてきているんだ。ただ、それがあまりにも当たり前すぎて、願望が実現しているということすら実感できていない」

「どういうことですか？」と、白井が質問を重ねた。

「例えばだ。白井、あんたは自分の右手を挙げたいと思ったとき、挙げることができるだろう？　この部屋を出ようと思えば、そこのドアを開けることができるだろう？」

「それは、そうですけど。それは当たり前にできることであって、特に『願い』というわけではないでしょう?」

「そこなんだ。だから婆さんはこう言ったんだ。《願いは、願いを手放した時に叶う》と。俺たちは、当たり前にできることは、わざわざ『叶えたい』とは思わない。願う必要もない。当たり前に実現できると知っているからだ。が、当たり前のこととは言え、それでも『願望を実現させた』ということに違いはない。俺たちは常に、願望を実現し続けて生きているんだ」

「そう言われればそうですけど、思い通りにならないことだって、たくさんあるじゃないっスか」藪内が口を挟んだ。

「だから、それこそが、《地獄にあって天国にないもの》なんだよ」

「は?」

「それがあれば、当たり前にできることすら実現できなくなってしまうんだ」

「なんすか、『それ』って」

「だ、だから、今お前が口にしたそのことだよ!」

話がうまく伝わらずイライラしてきた。確かに、思い通りにならないことは多々ある。今もまさにそのときだ。

しかし、何とかして伝えたい。どう説明すればいいものか…。

頭を掻きむしりながら考えていたら、ふと「これだ」と思えるものが湧いてきた。多少意地が悪い気もするが、やるだけやってみることにしよう。

「あのな、藪内。教えてやるから、一つ頼まれてくれ。今から俺の部屋に行ってほしいんだ。1703号室だ」

「峰岸さんの部屋っスか？　いいっスけど…、行って、何をすれば？」

「いや、ただ行くだけでいい。中に入ったら一度玄関のドアを閉めろ。それが確認できたら、そのまま戻ってくるだけでいい」

「え？　それだけ？」

「それだけだ」

俺がそう言うと、藪内は頭をかしげて怪訝な表情を浮かべながらも「じゃあ…行ってきます」と腰を上げた。

藪内がドアノブに手をかけ、リビングから出ようというそのとき、改めて声をかける。

「そうだ藪内。もう一つだけ言っておくことがある。俺の部屋に入ってから、お前の身に何が起きたとしても俺は一切責任を持たん」

「…ちょっ！　それ、どういうことっスか⁉」

思惑通り、藪内の足が止まる。一拍置いて、やりとりを見ていた坂本が膝を叩いて笑い出した。

「ワハハハッ。地獄にあって天国にないもの。なるほど、そういうことか」

俺も笑顔で坂本と目を合わせた。よかった。どうやら、坂本には通じたようだ。

「え？　え？　何、一体なんなんスか⁉」

ゲラゲラと笑う坂本を見て、藪内がうろたえている。

「そういうことだよ。お前は今まさに、当たり前にできることすらも実現できなくなったんだ」

俺がそう言うと、続いて田嶋が膝を打ち、白井が笑った。藪内だけが、ぽかんと口を開けている。

「まだわからないのか？」坂本が腹を抱えながら訊いた。

が、藪内は変わらず「なにがなんだか…」と情けない表情を浮かべている。

「そのドアを開けることも、俺の部屋まで歩いて行くことも、お前にとっちゃ『当たり前にできること』だろう？　ドアの開け方も、歩き方も、いちいち考えなくてもできるはずだ」

「いや、そりゃそうっスけど、峰岸さんがヘンなこと言うから…」

「ヘンなこと？」

「言ったじゃないっスか！『ヤバイことになっても知らない』って。そんなこと言われたら躊《ちゅう》躇《ちょ》しますって」

「いや、そんなこと言ってないぞ。俺はただ、お前の身に何が起きたとしても一切責任を持たないと言っただけだ」

「同じじゃないっすか！」と、藪内がわずかに顔を赤くして言い返す。

「で、一体何が起こると思ったんだ？」

「いや、何って…。そんなのわかんないですけど、あんな言い方されたら、何かヤバイことでもありそうな感じじゃないっすスか」

「なぜそう思ったんだ？　それは、お前の勝手な妄想だろう？　俺は具体的なことなど何も話していないんだから。ましてや『ヤバイことが起こる』だなんて、これっぽっちも言っちゃいないぞ」

「いや、でも…」

「だからな、そういうことなんだよ」

「は？」

「お前は今、俺の部屋に行けなかったんじゃない、行かなかったんだ。この意味がわかるか？」

「なんでですか？　峰岸さんがあんなこと言うから『行けなかった』んじゃないスか」

「おいおい、俺のせいかよ」

藪内の反応があまりにも想像通りに返ってくるので、思わず笑いが込み上げてきた。声を上げないように我慢していたが、つい口元が揺るんでしまう。

「なにがおかしいんスか？」

「いや、だからな、俺の言葉を『ヤバイ』って解釈したのは、お前の勝手だろう？　繰り返しになるが、俺はそんなこと言ってないんだから。お前は、俺の言葉を『ヤバイ』と捉えたからこそ、俺の部屋に『行かなかった』んだ。そうだろ？」

「いや…、そう言われればそうかもしれませんけど、それと、お婆さんの話とどう繋がるんスか？」

「だから、今のお前の妄想が、『地獄にあって天国にないもの』なんだよ」

「妄想？」

「ああ。もっと言えば、怯《おび》えとか、恐怖とか、不信とか、警戒とか、そういった類のものだ。お前は俺の言葉を聞いて、それを元に『行っても大丈夫だろうか』と考えた。その思考が、単に俺の部屋に行くという簡単なことすらできなくさせてしまったんだ。もし、お前が今の状況や俺のことを全面的に信頼していたとしたら違う結果になっていたはずだ」

「え？　違う結果って…」

「なんの問題もなく、俺の部屋に行けただろうよ」

そこまで説明したら、ようやく藪内もハッとした表情を浮かべてくれた。

一呼吸置いて、横から白井が話を繋げる。

「なるほど。地獄にあって天国にないものが『恐れ』だとしたら、天国にあって地獄にないものが見えてきますね」

その通り。恐れがなくなったときに現れるものがそうだろう。それはつまり、『信頼』や『安心』といった類のものだ。

多分、婆さんが俺たちに伝えたかったことは、そういうことじゃないだろうか。

俺がそう話すと、皆は無言で頷いた。が、しばらくして藪内がボソリと声を出した。

「……ってことは、不安とか恐れとかを抱かずに行動すれば、何でも叶うってことっスか？ それってなんか、すげー無謀なように思えるんですけど。どうなるかもわからないのに動くってヤバくないっスか？」

「そう思うなら動かないほうがいい。『闇雲に動いたら大変なことになる』と思って行動すれば、それに伴った現実を生み出すことになる。婆さんが言った通り、自分の記憶と思いが現実を創るはずだ。いや、『記憶と思い』と言うよりは『確信』のほうがしっくり来るような気がするな。多分俺たちは、自分の確信に基づいて現実を創っている」

「マジっすか？」

「ああ。多分、婆さんの言葉にウソはないだろう。現に今の状況も、その理屈で説明できてしまうからな」

「今の状況って…、どういうことっスか？」

「お前が部屋を出ずに、ここに残っているというこの状況だよ。これは、お前の記憶と思いが創り上げた紛れもない現実だ」

俺がそう言うと、藪内は相変わらずキョトンとした顔をして俺を見て、無言で先を求める。

「お前はさっき、俺の話を『ヤバイことになっても知らない』という意味で受け取ったよな」

「ええ、そうっスね」

「なぜそう思ったのかを振り返ってみれば……、わからないか？」

そう問い掛けてみたが、藪内は頭を掻くばかりで返答がない。

「そう難しく考えるなよ。単純な話なんだ」

すると、藪内より先に田嶋が声を出した。

「あ…。なんとなく、わかったかも…」

皆の目が田嶋に向く。

「え～と、記憶と思い、ですよね。ということは、お婆さんが言っていた《記憶と思いが、現実を創る》ということと、《天国にあって地獄にないもの。地獄にあって天国にないもの》というのは、結局同じことだ。あ、やっぱり、さっき峰岸さんが話したことと同じですね…」

「え？　どういうことっスか？」

「いや、だから…。不信とか、警戒とか、そういうのって、僕たちの今の思いであると同時に、その思いが形成されるための記憶があるじゃないですか。もしですよ、藪内君がこれまで、誰かに裏切られたり、危害を加えられたりしたことが全くなかったとしたら、今の状況下で峰岸さんの言葉を元に、不信や警戒が生まれるってことはあり得たでしょうか？　藪内君が峰岸さんのことを心から信頼していたとしたら、もっと不安を煽るようなことを言われたとしても、理解できないか、冗談としか捉えられないかもしれない」

田嶋の説明が、うまく言葉にできないでいる自分の気持ちを代弁してくれているようで嬉しい。が、俺にはもう少しだけ付け加えて話したいことがあった。

「ああ、確かに俺が話したかったのはそういうことなんだ。もちろん、いま田嶋が説明してくれたように、過去に自分が受けた記憶を引っ張り出して恐れを抱くことは多々あるだろう。それに、自分の身においてじゃなくても、テレビでも見れば人様の不幸はいくらでも目にすることができる。だが、それ以上に、恐れを確信してしまう要因があるんだ」

「え？　なんすか、それ」

「自分自身がしてきたことだ。自分が、誰かに危害を加えるということを経験したことがあるなら、それは、自分が危害を受けること以上に、その可能性を強く確信させる。誰かがしていることを見聞きする以上に、自分自身がしていることは、自分にとって疑いようのない現実であり、確信だろ。どんなことだってそうだ。誰かを騙《だま》したことがあるなら、それは同時に『自分も誰かに騙される可能性がある』という確信を生むことになる。誰かを裏切っているのなら自分も裏切られるという可能性を、誰かを殺したことがあるのなら、自分も殺されるかもという不安を人一倍抱えることになる」

「それは…」

「ああ、俺自身のことだよ。殺すか殺されるかという世界に身を置いていたからな、不安も警戒も人一倍だ。俺がどうして死んだか、覚えてるか？」

田嶋が、一度唾を飲み込んでその問いに答えた。

「確か、仲間に殺されたんですよね……」

「まさか舎弟に殺《や》られるとは夢にも思っていなかったがな。が、改めて考えると、自分の愚かさに心底笑えるよ」

「どういうことです？」

「ヤツに仕事の仕方を教えたのは他でもない、この俺なんだよ。金を作るために他人を騙すこと、裏切ること、そして、殺し方や遺体の処理の仕方に至るまで。ここに連れてこられたときに聞かされた説明が本当なら、アイツはまさに、俺が教えた通りのやり方で俺を殺したってことになるな。でもまぁ、そのお陰で、こうしていろんなことに気づけたわけだ。あははは」

軽い気持ちで話したつもりなのだが、俺の笑い声とは裏腹に、場には奇妙な空気が流れていた。

「おいおい、そんな青い顔して怯えないでくれよ。別にあんたたちを殺そうって話じゃないんだから。元より俺らは既に死んでるからな。殺そうったって殺せやしないし、それに、そんなことしようものなら、俺が大変な目に遭っちまう。自分の蒔《ま》いた種は、自分が刈ることになるのは、もう充分にわかったんだ。田嶋、お前のお陰でな」

「え？　ぼ、僕？」

田嶋は人差し指で鼻を指して呆然《ぼうぜん》としていたが、これ以上怯えられてはかなわない。消えた耳と倒れてきた資材の話をするのはやめておこう。

「とにかく俺たちは、自分の記憶と思いを通じて選択してきた結果として、ここにいる。なぜだろうな。何に目を向け、何を選択するかは自分の自由だというのに、俺たちは望まないものばかりに焦点を当ててきたみたいだ。だが、その仕組みを知った今、もう選択する道は一つしかない。俺たちは、自分の望む道を進もう」

一体なんなのだろう。自分で話しておきながら、自分の口から出た言葉とは思えなかった。自分の言葉に、自分でハッとさせられる。そして、それがまた新たな気づきに繋がるのだ。

気づいたときには、周りの目などおかまいなしに笑いが込み上げてきた。

「あはははは！　そうか！　そういう意味か‼」

「え？　何がです？」

皆が目を丸くして俺を見ていた。

「いや、何、今話してたら、不意にビエルの言ってた『惜しい』っていう一言の意味がわかったんだ。俺たちは、つくづく望まないものに目を向けることが好きらしい」

「どういうことです？」と、白井が興味深そうな様子で話に加わる。

「現場で俺と藪内が祈ったとき、ビエルは最後にこう言ったよな、『求めよ、さらば与えられん』と」

「ええ。それで？」

「俺たちは、求めているように見えて、求めていないものに目を向けていたんだ。だから、求めていないものが与えられる」

俺がそう言うと、坂本が眉間の皺をなでながら俺を見た。

「…よくわからんな。もう少しわかりやすくならんか」

もう少し、と言われても、これを何と説明すればいいのか…。次の言葉を探していると、額がモゾモゾするような感じと共に、自然と口が動き出した。

「要は、『求める』ということがよくわかっていなかったということなんだ。なんと言えばいいのかな、『求める』ってことは、その結果が『与えられる』ことが前提となった行為だろう?」

「結果が与えられることが前提…、まぁ、そう言われればそうかもしれんな」

「なのに、俺たちはその結果を『自分で作り出そう』としてしまっていたんだ。でもよくよく考えてみれば、それは『与えられる』ということへの不信でしかない。与えられるかどうかわからない、だから自分で結果を作り出さなければ、という。つまり、天国にあって地獄にない『信頼』の欠如だ。そして、望まないものに目を向ける」

坂本が若干イライラしたような口ぶりで先を求めた。「だからなんなんだよ、その『望まないもの』ってのは」

「『地獄から出たい』って思いさ。皆、心のどこかでそう思ってただろ?」

そう言うと、今度は田嶋が口を挟んだ。

「え？　なぜそれが『望まないもの』なんです？　むしろ逆に『求めているもの』ですよ。だからこそ、僕たちはこれから極楽飯店に行こうとしてるんじゃないですか」

「いや、一見求めているように見えて、目は望まないものに向いているんだ」

「…峰岸さん、さっきから一体何を言ってるんです？　さっぱりわからない」

わかりづらい話だとは自分でも思っているが、他人からこうもハッキリと言われると妙に腹が立つ。が、声を荒らげたところで何にもならない。通じるかどうかはわからないが、できるところまでは話してみよう。

「いや、だからな、俺たちが望むべきは、『地獄から出る』ことじゃないんだ」

「ええ？…？　だったら、何を望めって言うんです？」

「天国に行くこと…、いや、天国にいることかな」

「は？　結局、地獄から出たいってのと同じじゃないですか」

「いや、それが同じじゃないんだよ。いいか、『天国に行きたい』ってのは、天国、つまりは満たされた状態に意識を向けることになる。逆に、『地獄から出たい』ってのは、地獄、不平や不満のある状態に目を向けることになる。同じように思えても、実は目を向けている先がまるで違うんだ」

「んんん〜〜？」

自分ではうまく説明できたつもりでいたのだが……。

目の前には、明らかに話が飲み込めないと言わんばかりの表情を浮かべたメンバーがいた。

「だから！　もう！　わかんねぇかなぁ……いいか？　俺たちが現実という……」

話を続けようとする俺の目の前に白井が手のひらをかざし、流れを止めた。

「峰岸さん、お話の途中で申し訳ありませんが、まもなく迎えの車が来る時間です」

第七章

五芒星

ロビーへ降りるエレベーターの中、藪内が坂本に再確認した。

「とにかく自分で食べようとせず、誰かの口に食べ物を運べばいいんスよね」

「多分…な。一応、様子を見ながらやってみよう。もしそれでダメなら手を付けずに店を出るしかあるまい」

期待と緊張で表情の固まった坂本がそう答えると、続いて田嶋が不安げに口を開いた。

「最初に食べるのは…、誰です？」

「ん？　そりゃどういう意味だ？」

「いや、だって…、もし違ってたら棍棒《こんぼう》の餌食《えじき》ですよ。正直、僕はまだ怖いんです」

よほどのトラウマにでもなっているのだろうか。田嶋の言葉はかすかに震えていた。

「一応言い出しっぺだからな、俺が先に食うことにしよう。それでいいか？」

「箸は、誰が持ちます？」

坂本の目がゆっくりメンバー間をさまようと、最後に俺のところで止まった。

「峰岸、頼まれてくれるか？」

「あ、ああ」

「まずは、峰岸が持った料理を俺が食う。それで様子を見るということでいいか？」

坂本が田嶋にそう答えると、田嶋は無言で頷いた。それに合わせてエレベーターの扉がゆっくりと開いた。

「よっしゃ。行こうか」

坂本が小さな声で号令をかけて歩を進める。

ロビーに出ると、ガラス張りの自動ドアの向こうにある車寄せに、一台の車が止まっていた。丸みを帯びた黒塗りのリムジンの横に、燕尾服を着た緑色の男が突っ立っている。男は、俺たちを確認すると恭しく頭を下げてから後部ドアを開け、右手をゆるやかに曲げて中に入れと促した。

「まさか、迎えの車って…あれのことっスか？」

藪内が目を丸くするのも無理もない。そこには、およそ中華料理屋の印象とはほど遠い執事がいた。歩みを進め自動ドアが開くと、男は「あけぼの台公団住宅B棟建設チーム第四十八班の皆様ですね。お迎えにあがりました」と、にこやかに告げる。やはり、間違いではないらしい。

促されるまま俺たちが乗り込むと、車は土砂降りの雨の中を滑るように走り出した。しばらくすると車内に備え付けられた小さなモニターに電源が入り、店の案内VTRが流れ出した。

『ようこそ、極楽飯店へ！　当店はその名の通り皆様に至極の喜びを提供する本場四川料理の専門店でございます。天上界の肥沃な土地で丹精込めて育てられた豊富な食材を、唐辛子や山《さん》椒《しょう》などを代表とする様々な香辛料や秘伝の調味料で深みのある味わいに仕上げた絶品の数々。四川料理を代表するエビのチリソースや麻婆《マーボー》豆腐、棒々鶏《バンバンジー》や回鍋肉《ホイコーロー》などは、もっとも多くの皆様に愛されている中国料理といえましょう。本日は、そうした本場人間界の味をそのまま再現。きめ細やかなサービスを添えてお届けしてまいります。どうぞ、至福のひとときをお楽しみください』

真っ赤な円卓に盛られた旨そうな料理の映像が、軽快なナレーションと共に流れていく。メンバーの誰もが、釘付けになっていた。

しばしの間、思わず画面に気を取られていたところに、藪内の奇声が入る。

「えぇ、あ、あれ!?　ちょ、ちょっと!?」

「どうした？」

皆が藪内に目を向けると、藪内は車の外を指差した。見ると、車は先日見た極楽飯店を何事もないかのように通り過ぎていった。雨に濡れる赤い看板が、徐々に小さくなってゆく。

「ちょ、ちょっと運転手さん！　お店、通り過ぎちゃってるんスけど!!」

座席から身を乗り出して運転席の後ろにある黒いガラスを叩きながら藪内がそう叫ぶと、ガラスがするりと下がり運転手の後頭部を見せる。

「ご安心ください。あちらは、当店の景洛町支店でございます。皆様は、これから本店へとご案内いたします」

「本店!?」

執事はそう言うと、そのまま雨の中を走り続け、景洛町から唯一出ることができるあのトンネルを通り過ぎた。あけぼの台の現場へ向かうときと同じ山道をしばらく走ると、白井の婆さんと出会ったあの街に入る。いくつかの信号を右へ左へと曲がっていくと、どこか見覚えのある街並みが目の前に広がった。

「お待たせいたしました。極楽飯店本店、到着でございます」

執事はそう言うと、静かに車を止めてサイドブレーキを引いた。

「あ、ここは、あのときの……」

田嶋が声を漏らした。車から出た俺たちの目の前にあったのは、この世界に来て初めて見た、あの閻魔のいる神社のような建物だった。

「ここが、極楽飯店の本店、なんですか?」

白井が執事にそう尋ねると、執事は「さようでございます」と小さく頭を下げて、建物の裏側へと案内を進めた。建物の壁を小さくくり抜いたような通路を通ると、中に小さな庭園があった。その脇の細い通路を、さらに奥へと進む。その佇《たたず》まいは、進むにつれて和風の庭園から中華風へと徐々に変化してゆく。〝和〟とも〝中〟とも言いがたい、どっちつかずのデザイン。空手映画の主人公のカンフーマスターでも出てきそうな、欧米人が誤って認識しているアジアのイメージを思わせた。

執事の案内するエレベーターの扉が開くと、そこからふわりと旨そうな料理の香りがしてきた。

「こちらのエレベーターをご利用ください。三階で降りて右に曲がりますと、突きあたりが極楽飯店の本店でございます。それでは、素敵なお食事となりますよう、皆様のご健闘をお祈りいたしております」

閉じるドアの向こうで執事が深々と頭を下げて俺たちを見送る。

「いま、あの人、『ご健闘をお祈りいたします』って言ってましたよね…。それって、食事を前にした人に対して、適切な挨拶なんでしょうか…」

白井が複雑な表情でメンバーの顔を見回すと、田嶋が無言で「いわんこっちゃない」といった表情を浮かべる。次いで坂本が「この状況では、まぁ、適切なのかもしれんな」と、苦笑いを浮かべた。

「本店って、支店と違うんですかね。ルールとか違ってたら、どうします？」

藪内がそう聞いたが、誰かが答えるのを待たずにエレベーターのドアが開いた。これから起こることへの期待と不安。そして、鼻を心地よく刺激する香辛料の香りにメンバー全員がゴクりと唾を飲んだ。

恐る恐る歩みを進め通路を右に曲がると、景洛町で見たのと同じ「極楽飯店」と書かれた赤い看板が掲げられ、それを覆うように取り付けられた屋根のような装飾から、星印の入った赤い提灯《ちょうちん》が二つ吊り下げられていた。

「いよいよ、だな。まさかとは思うが、一応訊いておこうか。ここまで来て、入りたくないないなんてヤツはいないよな」

坂本がそう言うと、メンバーの目線は一斉に田嶋の元へ向いた。

「え、ええ。大丈夫ですよ。まずは、坂本さんと峰岸さんの先行で様子を見る、そういう約束ですからね。少しでもヤバそうだったら、僕は手を付けません。いいですよね？」

皆、同意の下《もと》静かに頷く。

「よし。じゃ、行くとしよう」

坂本が先頭に立ち、口元のよだれを袖で拭うと、キッと目を見開いて極楽飯店のドアを開けた。

＊

「いらっしゃいませ！　ようこそ極楽飯店へ。あけぼの台公団住宅B棟建設チーム第四十八班の皆様ですね。お待ちしておりました。さっそくお席へご案内させていただきます」

店に入ると、チャイナドレスに身を包んだ美女が現れ、俺たちは店の奥へと案内された。漆塗りのようなツルリとした質感で輝く黒い壁に金箔の装飾を張り巡らした細い廊下を一列になって進む。通路を曲がった先にいくつかの個室の入り口が見えた。空っぽの個室を四つ通り過ぎ、五つ目の個室へと通された。

部屋には窓がなく、妙に薄暗い。とはいえ、陰湿な印象は感じられなかった。どちらかといえば、しっとりとした大人のムードだ。

赤と白の壁に大きな書が掲げられた「いかにも中華料理店」といった内装に、真っ白いテーブルクロスがかけられた円卓。その中央にある赤いターンテーブルには「ＲＥＳＥＲＶＥＤ」の札が輝いていた。

メンバー全員が席に着くのを確認すると、チャイナドレスの女は何も言わずにぺこりと一礼だけして部屋を出た。ぴしゃりと入り口を閉じられたとたん、それまでかすかに聞こえていた雑音も消え、個室の中はしんと静まり返った。

「どうだ？　お前が行った店と同じ感じか？」

坂本のしゃがれ声が、ぽかんと口を開けた田嶋に向けられる。

「い、いや、それが…。全然違うんです。僕が行った店は、大衆店って感じで、こんなに高級そうじゃなかったし、なにより出迎えてくれた店員があんな綺麗なお姉さんじゃなく、『鬼』だったので…。というか、何から何まで、まるで印象が違いま…あれ？」

そわそわと室内を見回していた田嶋の目が手元に向いて止まった。

「なんだ？　どうした⁉」

坂本が口から泡を飛ばして訊くと、田嶋はテーブルの上を指差す。

「景洛町にあった店の箸は、坂本さんが言っていた通りとんでもなく長かったんです。でも、見る限り、ここに並べられてるのって普通の箸…、ですよね？」

田嶋の説明通り、俺たちの目の前には何の変哲もない箸が並べられていた。沈黙の中、皆が口を開けて見つめ合う。

「…普通に食えるってことっスかね？」

藪内がそう言っておもむろに箸を手に取ると、箸は瞬《またた》く間にしゅるりと伸びた。

「っが！」

伸びた箸の先が、白井の眼鏡をはじく。

「あ、す、すんません！」

慌てて藪内が手を放すと、箸はまたその丈を縮め、カラリとテーブルに落ちた。白井の硬直した表情をよそに、「やっぱり、伸びるんだな」と坂本が顔をクシャクシャにして笑った。

大丈夫だとは思っていたが、先ほど聞いた物語通りの展開に、深い安堵が込み上げてくる。

皆の顔から緊張が消えて頬に柔らかさが戻ると、タイミングを見計らったかのように扉が開き、チャイナドレスが肌に擦《こす》れるシャリシャリという音と共に大皿に載った料理の数々が運ばれてきた。

トマトが花のように飾られた棒々鶏、黄金色に輝くフカヒレの姿煮、野菜の彩りをまとった帆立貝にエビチリソース煮込み、麻婆豆腐に回鍋肉…。ターンテーブルの上がみるみる埋められていく。

口にせずともその姿と香りで確実に旨いとわかる料理を目の前にして、思わず前のめりになった。

「お待たせしました、本日のランチメニューでございます。どうぞごゆっくりお召し上がりください」

円卓いっぱいに料理が並べ終わると、まるで練習をしてきたかのように五人の声が重なった。

「い、いただきますっ！」


皆が固唾《かたず》を飲む中、坂本がはやる気持ちを抑えてターンテーブルの上の取り皿と料理の横に添えられた赤い取り箸に手を伸ばした。手にしてからしばし様子を窺ったが、この箸が伸びる様子はない。

「…取り箸、だからですかね、伸びないのは」白井がずり落ちた眼鏡を直しながら言う。

それを聞いた藪内が「なら、その箸で食べちゃえば簡単なんじゃ…」と続けたが、それではテーブルマナーに反するから危険だと田嶋が制した。

たしかに、ここは田嶋の忠告を素直に聞いておくべきだろう。坂本は、一番手前にあった棒々鶏の大皿から自分の分を取り分けると、その箸を円卓に戻した。しばし様子を窺ったが、鬼がやってくることもなければ、個室に異変を感じることもない。

「料理を取り分けるのは問題なさそうだな」

坂本がコソコソと小声で言うと、皆は無言で頷き、続いて各々《おのおの》が取り皿を手に料理を小分けにしていった。ターンテーブルが回るたびに、俺たちの目の前には、小分けされた料理の数が増えてゆく。溢れるよだれを押さえながら黙々と作業を続けると、いよいよ準備が整った。

坂本がゴクリと一つ喉仏を上下させたのを合図に、俺は目の前にある箸に手を伸ばした。箸は、藪内が触ったとき同様しゅるりと伸びる。なるほど、やはりこの長い箸では、それを直接口にするどころか、手元の料理を掴むことさえできない。

坂本は躊躇することなく「はやく食わせろ」と、母に餌を乞う雛鳥《ひなどり》のように口を開けてエビチリの載った小皿を持った。すると坂本の腕はまっすぐに伸び、「前にならえ」のカタチになる。

先ほど聞いた物語同様、肘が曲げられなくなったのだ。手にした小皿は俺のほうへ近づいたが、今度はそのせいで箸の先を通り越してしまう。坂本には一度小皿を手放してもらい、仕切り直すことに。坂本が小皿をテーブルに置こうとすると、肘は元に戻った。

さて、と気持ちを切り替えて、今度はテーブルの上に戻った皿に箸を伸ばす。なるほど、今度は箸の長さがピッタリと合った。箸の先がちょうどよく坂本の前にある小皿に届く。

が、この長い箸は想像以上に使い勝手が悪い。二本の箸が交差して空を舞い、うまく料理を掴むことができないのだ。ようやく掴めたかと思っても、手にした料理はすぐにポトリと滑り落ちてしまう。

「あーー、もう！　何してるんだ！」

エビチリが箸から逃げるたびに、坂本の顔が赤く染まった。

「いや、別に意地悪をしているつもりはないんだが……」

どうにもうまく掴めなかったので、試しに箸を置いてレンゲを持ってみた。こちらもご丁寧に、箸と同じだけ伸びてくれる。使い勝手が悪いのに変わりはないが、箸よりはマシだろう。一度エビチリを諦めてチャーハンをすくうことにした。よし、今度はうまくいった。プルプルと震えるレンゲが坂本の口元まで辿《たど》り着くと、坂本はすかさず顔を寄せて食らいついた。まぶたを伏せ、大げさに顎を動かして噛みしめる。もういいだろうと思えるほど何度も噛みしめてから飲み込むと、目尻にうっすらと涙を浮かべて「ウジ虫じゃねぇぞ、本物の米で作ったチャーハンだ」と笑って見せる。

「やった！」藪内が小さくガッツポーズを決めた。

「よかった、どうやら鬼も現れることはなさそうですね。これなら安心して食べられそうです」

白井がキョロキョロ部屋を見回してからそう言い、俺の口にアワビを運んでくれた。

旨い。涙がこぼれそうになるほど旨い。思わず手掴みでがっつきたくなる衝動に襲われたが、その気持ちをグッと堪《こら》えて、ゆっくり噛みしめる。

そんな中、田嶋が不安げに個室内をキョロキョロ見渡している。

「あの…、ちょっといいですか？　さっきから少しずつ、部屋が明るくなってる気がするんですけど、気のせいでしょうか？」

そう言う田嶋の視線が俺の足下に向かうとその目は大きく見開かれ、それと同時に田嶋は「あっ」と声を漏らした。

田嶋のその声に恐る恐る目線を下げると、いつの間にか俺の太股が何かに照らされていた。その光源をたどってテーブルの裏を覗き込むと、そこには二本の光の線が浮かび上がっている。一本は俺と坂本の間、もう一本は俺と白井の間を結んでV字を描いていた。

「これ、何でしょう？」

そんなこと、俺にだってわからない。これには何かがありそうだと田嶋は警戒したが、その光はただ足下を照らしているだけで、それ以上何かが起こるわけでもない。そしてなにより、仮に何かがあったとしても、もはや目の前にある料理の誘惑にはかなわないのだ。ビクビクする田嶋をよそに、俺たちの食事は止まらなかった。

早く次をよこしてくれと懇願している坂本の口に、今度は藪内が餃子《ギョーザ》を放り込む。

テーブルの裏を覗き込んでいる田嶋が、今度は坂本と藪内の間に線が増えたと報告した。

「もしかしたら、誰かが誰かの口に料理を運ぶと、それに合わせて線が現れるってことじゃないか？」坂本が餃子を噛みながら言った。

それを確かめるかのように、田嶋は自分の箸を手にすると、それで白井の口に棒々鶏の鶏肉を運び、再度テーブルの裏を確認した。坂本が指摘した通り、田嶋と白井の間に新たな光の線が現れていた。

「ほらな。やっぱりワシの推測通りだろ」

坂本は誇らしげにそう言ったが、白井にこの光には何の意味があるのかと尋ねられても、そこまではわからないと小さく首をかしげた。

その後もしばし田嶋は警戒して料理を口にするのをためらい続けていたが、俺たち四人が何の問題もなく食事を続ける様子を見て、ようやく決意をしたらしい。藪内が青椒肉絲《チンジャオロース》を差し出すと、田嶋は慌てて口を寄せた。

テーブルの裏では藪内と田嶋の間を結ぶ光が現れて、俺たちを結ぶ線は計五本になった。五本の線は互いに交差し、綺麗な星形を描いている。そして、皆が長い箸の扱いに慣れ、食事がスムーズに進むようになると、テーブルの上でも俺たちの箸は交差し、同じく星印を形作った。

それを見たとき、ふと、この店の入り口に下げられていた提灯が思い出された。そう言えば、あの提灯にも星のマークが刻まれていた気がする。

何か意味がありそうだと少々気になったが、思考の流れは料理の旨さでせき止められた。目の前にある料理を味わおうとすればするほど思考は止まり、頭は空っぽになってしまう。

そしてそれは、多分俺だけじゃない。食事が進むにつれて他の四人にも会話はなくなり、いつしか、ただただ無心で食べ続けていた。扱いづらい箸と格闘しながらも、気づいたときにはテーブルの上の料理は綺麗になくなっていた。

食事を終えると、皆、涙と鼻水で顔がぐちゃぐちゃだった。満たされたのは、空腹感だけではない。ありとあらゆる欠乏感がなくなっていた。ただただ至福の中に身をゆだね、食後の余韻を味わっている。

その余韻の中で、心の中に今まで感じたことのない不思議な感情が湧いてきた。「ありがとう」という感謝の念と、「ごめんなさい」という詫びの念。その二つが混ぜ合わさったような、なんとも言い難い複雑な思いが、胸の真ん中を熱くする。

自分の意志とは無関係に止めどなく溢れるその感情は、涙と共に噴き出し続けた。

と、そのときだった。

「ウーーー！　ウーーー！」

突然個室の照明が消え、真っ暗になったかと思うと、続いて壁から青いパトランプが現れサイレンが鳴った。

「な、なんスかこれ！！」藪内がキョロキョロしながら叫ぶ。

「まさか、私たち、何か間違ったことでもしたのでしょうか⁉」藪内の動揺が白井に伝染した。

サイレンが鳴り終わると、続いて女の声のアナウンスが流れた。『五芒星《ごぼうせい》のロックが解除されました。おめでとうございます。チームナンバー・エーケービー　フォーティーエイト、ファーストステージのクリアです。五芒星のロックが解除されました。おめでとうございます。チームナンバー・エーケービー　フォーティーエイト、ファーストステージのクリアです』

足下から「ガチャリ」という音が聞こえたかと思うと、金属の輪で足下が椅子に固定された。次いで三本の鎖が椅子の背から飛び出し、両の手と腰回りを縛り付ける。

ロックが解除されました、というアナウンスとは裏腹に、身体の自由が一瞬にして奪われてしまった。

「っ！」坂本が声にならない叫びを上げている。見ると、他のメンバーも俺同様、身体を椅子に固定され目を丸くしていた。

「なんなんだ、一体！」

俺たちの動揺をよそに、個室の様子が瞬く間におかしくなってゆく。

頭上に一筋の光が現れたかと思うと、天井は大きく両側にスライドして開き出した。そこから光の柱が現れると、目の前にあったテーブルが宙に浮かび、そのまま吸い込まれるように天井の中に格納され、再び閉じた。続いて「ブーーン」という音と共に、テーブルがあった床に大きな穴が開く。覗き込むと、そこには螺旋《らせん》を描いて下へと続く、レールのようなものが延びていた。

『ガチャン！』

藪内の座る椅子が金属音と共に前にせり出したかと思うと、そのままレールに沿って穴の中に滑り落ちていった。

「な、な、な、な…、うわーーー！」

藪内が見えなくなると、次いで、もがく坂本が、それに続いて白井が、クルクルと回りながら穴の中へと落ちてゆく。

…グンッ！

ジェットコースターの出発時のような衝撃を感じると、今度は俺の椅子が穴の上へと移動し、カチャリとレールに接続される。気がつくと「ふわっ」という気持ちの悪い感覚と共に、俺も穴の中へと滑り落ちていった。

第八章 選択

俺を乗せた椅子は、クルクルと回転しながら急降下すると、そのままなだらかなカーブの坂を滑り落ち、やがて薄暗い地下室のような場所にたどり着いた。

俺の横には、青い顔をした白井が、その向こうには、坂本と藪内の顔が見えた。皆、目を丸くして椅子の背に身体をあずけている。

まもなく、俺たちの後を追うように田嶋が絶叫と共に滑り落ちてきた。

田嶋を乗せた椅子が俺たちの目の前まで来ると、クルリと半回転してその背を向け、そのままバックで俺の右側へとスライドした。

「カチャン」と田嶋の椅子がレールから外れた音を立てると、薄暗かった部屋にまばゆい明かりが灯り、同時に俺たちの身体を固定していた金具が解かれた。

が、椅子から離れる者はいない。茫然自失として、その場に凍りついたままだ。

「一体、なんだってんだ…」

落ち着きを取り戻した坂本がそう小さくつぶやいたのは、ここに来てから数分が過ぎてからだった。

白井の顔にも血の気が戻ると、皆はようやく椅子から腰を離し、よたよたと立ち上がった。

「ここは、どこなんでしょう…」

田嶋がキョロキョロと周りを見渡しながらそう訊いても、答えられる者などいない。

「天国…、ではなさそうだな…」

俺たちの目の前に見えるのは、四方がコンクリートの壁で囲まれた小さな空間。出入り口らしいものもなく、そこにあるのは俺たちが座っていた椅子だけだった。

ここは一体どこなのか。何のために、何をするためにここに来たのか…。皆が途方に暮れているそのときだった。

「やぁみんな、よく来たね。ま、立ち話もなんだから、座って座って」

突然の声に、全身が硬直した。一体どこから入ったのか。その声のほうに顔を向けると、優しい笑みを浮かべる鬼がいた。

鬼は、俺と目が合うと「やぁ、タクちゃん」と言いながらにこりと口元を緩めた。そして視線をずらすと、メンバーそれぞれの表情を確認して「皆さん、おひさしぶり〜♪」と愛想を振りまく。

「お、お前は…」

坂本が顔を引きつらせてそう言うと、鬼は「あ、うれしいなぁ〜。覚えていてくれました？そうそう、僕」と、ゴツゴツした人差し指をその鼻に向けた。

俺たちの前には、この世界に来て初めて見た人間以外の生き物、あの世の門で出会った閻魔がいた。

「まずは、ファーストステージクリアおめでとうございます。皆さんは、自由獲得に向けての第一歩を踏み出しました。わ〜！　おめでと〜！　パチパチパチ…。ただ、残念なことにまだ大切なことに気づけていないんだよね〜。なので、この先に進む前に、もう少しお話ししておかなきゃと思って」

人間界を離れてこの世界に来てからというもの、想定外の出来事には何度も遭遇してきたが、それでもやはり、慣れるというものではない。

今、目の前で起きていることも、閻魔が口にしている言葉の意味もうまく飲み込めずにいた。

「ファーストステージ？　…極楽飯店を出たら、天国に行けるんじゃないんですか？」

俺が質問をする前に、田嶋が先に口を開いた。

「誰がそんなことを？」

閻魔が訊き返すと、田嶋は無言で坂本に目を向けた。

「どこで聞いた話かは知らないけど、自分でも経験のないものをそれらしく語るのはよくないね。坂もっちゃんは、これまでも結構そういうこと、してたでしょ。仏壇に手を合わせないと不幸が続くぞとか、寺への寄付で徳が積めるとか、信仰心をお布施の額で表現しろとか、檀家《だんか》さんにアレコレ言って回ってね。まぁ、そういうこと鵜呑《うの》みにするほうもするほうなんだけど、自分勝手な解釈で人に迷惑かけるのは、あまり褒められるものではないね」

「な、なんだとぅ！」

目の前の鬼以上に鬼の形相で迫る坂本を、白井がまぁまぁとなだめる。坂本には悪いが、閻魔の一言のおかげで、笑いと共に先ほどまでの妙な緊張が吹き飛んだ。

「ともかく、私たちは、やはり天国には行けないってことなんですね？」

両手で坂本を押さえつつ、白井が話を進めると、閻魔は意外な答えを口にした。

「いや、行けないってことじゃないの。そうじゃなくてね、一応確認しておこうと思って」

「確認？　何を？」と、田嶋。

「うん。行きたいなら行きたいでいいんだけど、ホントにそれでいいのかなって」

「どういうことっスか？」

そう首をかしげる藪内に目をやりながら、閻魔は話を続けた。

「あのね、もう随分前のことだから、みんな忘れちゃってると思うんだけど、君たちが天国にいないのは、君たち自身が望んだ結果なんだよね…」

「まさか！　そんなこと望んでなんかいませんよ！」珍しく白井が大声をあげる。

「いや、う〜ん…。困ったな。やっぱりそこから話さないとダメかぁ」

すると閻魔は、俺たちに椅子に座るよう促した。

「あのね、最初に訊いておきたいんだけど、『天国』ってどんなところだと思ってる？」

閻魔の質問に、田嶋が答えた。

「そりゃあ、幸せなところなんでしょ?」

「いや、だからね、その『幸せなところ』って、どういうところだと思ってる? ってこと」

「え〜っと。全ての願いが叶い、何不自由なく思い通りに生活できるところ…、でしょうか」

田嶋の答えを聞くと、閻魔は「どう? みんなも同意見?」と、他のメンバーを見回した。

突然の投げかけに、どう答えればいいのかが浮かばない。「その質問にどんな裏があるのか」などと考えてしまい、うかつに答えるのが怖くなる自分がいた。周りの顔色をうかがいながら「とりあえず」と曖昧な素振りを残しつつ、おおむね同意であることを示した。すると閻魔はニヤリと笑って頷き、一言「やっぱりね」と小さくつぶやく。

「だとしたら…。みんながこのまま天国に行ったとしても、いずれまたここへ戻ってくることになるよ。それもやはり、自分の意志でね」

「それは、どういう意味ですか?」

白井が恐る恐るといった表情でそう訊くと、閻魔はいたずらな笑みを浮かべて「だってほら。君たち、みんなマゾだから」と答える。どう反応すればいいのかわからないでいる俺たちの前で、閻魔は一人ケラケラと肩を揺らして笑った。

「あははは。ごめんごめん。じゃあ、もう一つ大事な質問をするね。みんなが人間界に行く前、どこにいたと思う?」

今度は、白井が答えた。

「やっぱり…。景洛町、ですか？」

すると閻魔は指先を左右に揺らしながら、チッチと舌を鳴らす。

「え、違うんですか？　では、一体どこに？」

「セカンドステージ。君たちが言うところの『天国』にいたんだよ。さっき田嶋くんが言った、全ての望みが叶う世界のことね。君たちは、その世界から自らの意志で人間界に行ったんだ。天国にも、景洛駅同様、人間界行きの電車があるんだ。つまり、君たちは今、もともといた場所に戻ろうとしているってこと。だから僕は言ったんだ。『みんながこのまま天国に行ったとしても、いずれまたここへ戻ってくることになるよ』って。ねぇ、ホントにそれでいい？」

「ちょ、ちょっと待ってくれ」

俺は閻魔の話を遮り、思わず口をはさんでしまった。

「どうも話がわからない。なぜ俺は、わざわざ全ての望みが叶う世界から人間界に行こうなどと思ったと言うんだ」

「だから言ってるじゃない。君たちがマゾだからだって‼」

先ほどとはうって変わり、閻魔は真顔でそう答えた。

「白井、さっきからヤツが話してる『マゾ』って一体なんのことだ」

俺の横では、坂本が口元に手を添えて小声で白井に助けを求めていた。

「マゾってのは、つまり、その…、精神的・肉体的苦痛を通して快楽を得る人のことで…」

白井が説明すると、坂本はまた茹でたてのタコみたいに顔を赤くした。

「こ、この野郎！　さっきから聞いてりゃ言いたい放題…、トコトン失礼なヤツだ！」

「失礼って言われても、ホントのことだからなぁ…。坂もっちゃんさぁ、そうプリプリしないでちょっと考えてみてよ。きっと自分がマゾだってことに気づくから」

「な、なんだとぅ⁉」

「あのね、想像してみてほしいんだ。いや、むしろ『思い出す』ってほうが適切かな。とにかく、坂もっちゃんがかつていた天国のことをね、じっくり考えてみて。そこはどんな世界だろう？　全ての望みが一瞬で叶い、全ての欲求が満たされ続ける世界では、一体どんな生活になるんだろう。そして、そんな世界で、自分は何を望むのだろうかと、そういうふうに考えてみてほしいんだ。ちなみに、藪っちはどう思う？」

「えっ⁉　お、俺っスか？」

話を急に振られて、藪内がうろたえる。

「えーっと、天国…。思い通りの世界ってのはつまりその、好きな人に囲まれて、嫌いな人がいなくて、腹が減ったらすぐに食べられて、欲しいものがあったらすぐに手にすることができて…」

「そうそう！　その通り！　君たちはまさにそういう世界の住人だったんだよ！　だからこそ

君たちは、人間界に行くことを選んだんだ」

声高らかに説明する閻魔のテンションもむなしく、俺たちの頭上には相変わらずクエスチョンマークが浮きっぱなしだ。

「いや、やはりわからん。なんだってそんな世界にいたというのに、わざわざ人間界へ行くことを望んだというんだ」

「あ〜〜〜っ、もう！　ホントに想像力が乏しいなぁ」

閻魔は大げさに身体を揺らして、空を仰いだ。

「あのね、よく考えてみてよ。全てが思い通りの世界で、できないことなど何もない。ありとあらゆる欲求が、その場で叶うんだ。まさに、君たちが人間界で憧れていた夢の世界だよ。ほら、もっとリアルに、もっとクリアに、そこで長らく生活している姿を想像してごらん。そして考えるんだ。そこで君たちは、最後に何を望む？」

皆が閻魔から投げかけられた問いに頭をひねる中、最初に「あっ」と小さな声を漏らし目を大きく開いたのは藪内だった。

「全てが思い通りの世界で求める最後の望み…。それって、もしかしたら『思い通りにならない』ってことじゃないっスか…」

藪内の答えに、閻魔はパチパチと手を打って嬉しそうにはしゃいだ。

「さすが藪っち！　冴えてるじゃ〜ん！　その通り、君たちは、そう願って天国から人間界に行くことを決めたんだ」

「そんな馬鹿な……」

信じられないといった表情でそうつぶやく坂本に視線を合わせて閻魔は話を続けた。

「ホント、おかしな話だよね。でも、ホントにそうなんだ。君たちは望みが叶う世界にいると『望みが叶いづらい世界』を、望みが叶いづらい世界にいると、『望みが叶う世界』を望む。そして、自らの意志によって、その二つの世界を何度も何度も往復し続けているんだ」

「本当……、ですか？」

白井の声に、閻魔は小さく頷いて答えた。

「うん。彼なら知ってると思うよ、そのことが仏教でなんと伝えられているか。ねぇ、坂もっちゃん」

「……もしかしたら、そりゃ『六道輪廻《りんね》』のことか？」

坂本の答えに閻魔はニコニコして頷いたが、俺を含む残りの四人には何が話されているのかさっぱりわからない。

「なんスか、そのロクド、なんとかって……」

藪内は閻魔に尋ねたのだが、我先にとその答えを話し出したのは坂本だった。生き生きと目を輝かせながら、六道に関する知識を披露してくれたのだが、その説明はいまいちピンとくるものではない。

「聞いたことないのか？〝地獄〟とか〝餓鬼〟とかって。仏教に出てくる『六道輪廻』だよ。地獄道・餓鬼道・畜生道・修羅道・人間道・天道。仏教において迷いある者が輪廻すると言われる六つの世界のことだ。地獄道ってのは生前犯した罪が重い者がその報いとして死後堕《お》ちて苦しむところと言われていてな、等活地獄・黒縄地獄・衆合地獄・叫喚地獄・大叫喚地獄・焦熱地獄・大焦熱地獄・阿鼻地獄の八つの…」

無駄に続くインチキっぽい説教にウンザリする俺たちを見て、閻魔はクスクスと笑いながら坂本の声を遮り、話をまとめてくれた。

「とにかく、君たちはそういった苦悩と達成の世界を自分の意志でぐるぐると回り続けているんだ。つまりね、今君たちが願っている通り、このまま天国に行ったとしても、いずれはまた苦悩の世界に戻ることを望み出してしまう。でも、もうそろそろその不毛さに気づいてそのループから出てもいいんじゃないかと思ってね。だから、天国ではなく、ここに来てもらったってワケなんだよ」

わかったようなわからないような。閻魔の話をどう解釈すればいいのかと頭を整理している中、白井がうまい質問をしてくれた。

「いや、だとしたら…。地獄でも、天国でも、人間界でもないとすれば、それは一体どんな世界なんでしょう…。私たちはこれからどうなるんですか？」

すると閻魔はニッと歯茎を見せて笑い、「うん、そこなんだ。みんなには、ぜひ陰と陽を超えた次元を見てもらいたいと思ってね」と話を続ける。

「陰と陽を超えた次元？」

「そう、輪廻の外にある世界のことさ。そこへは、今の君たちから一つの概念を消してしまうだけで簡単に行くことができる。さて、どうだろう。ここからは君たちの気持ち次第。天国か、それとも、新たな次元へ飛び込むか。ねぇ、どっちを選ぶ？」

全ての願いが叶う夢の楽園か、天国と地獄を超えた輪廻の外か。

いつぞやの究極の選択ゲームではあるまいし、突然「どっちを選ぶ？」と迫られてもおいそれと答えられるものではない。ましてや、「輪廻の外」と言われるものがどういったことなのかも全く見当がつかない。

閻魔は戸惑う俺たちを見ると、そんなに難しく考えることじゃないよと微笑んで話し始めた。

「いいかい、君たちはこれまで、宇宙の法則を忘れたまま遊び続けてきた。その忘れていた法則ってのはね、『心の底が求めたものが与えられる』という基本法則なんだ。君たちは自分の素直な気持ちさえわからなくなるほど、長らく心を閉ざしたままになっていたんだよ。心を閉ざしているから、その奥底にある、本当の欲求にさえ気づけない。深層と表層のバランスが取れずに、自分が何者であるのかといった本質すら見失ってしまった。そして、不自由さの中では願望の実現を望み、願望が叶う次元では不自由を望むということを何度となく繰り返す。でも、自分が何者であるかに気づくことができたとき、君たちは別次元に存在することになる」

閻魔は、そこまで話すとおもむろに立ち上がり、俺たちを囲む無表情な壁の一面を二度ノックした。ゴンゴンという鈍い音が部屋に響き渡ると、閻魔が叩いたその壁に、青白く発光する小さな光の筋が現れた。閻魔の足下から生まれた小さな光線は、壁を伝って上昇し、天井近くで大きく弧を描いて再度下降する。

ズルリ…。

そして壁は、その光線の軌跡に合わせて割れると、左右に大きくスライドして光のドアを作り出した。

「じゃ、もう一度訊くね。このドアの向こうには、〝天国〟が待っています。そうだな、そこを簡単にたとえるなら、テレビゲームの『ボーナスステージ』って感じなんだ。もし、このままゲームを続け、ボーナスステージに進むなら、ここからどうぞ。でも、ボーナスステージも長くは続かない。いずれまた新たなステージで様々なストレスを味わうことになるからね。そこで…」

すると閻魔は反対側の壁をノックし、先ほどと同じ要領でもう一つのドアを作り、話を進めた。

「こっちは、僕たちが住む次元への入り口。ゲームから離れて超リアリティ・ワールドに戻るドアです。ゲームを終える覚悟があるなら、こっちに入ってね」

「それはつまり、もう生まれ変わらないってことですか?」

田嶋が尋ねると、閻魔はニヤリと笑みを浮かべて頷いた。

二つの出口を前に、俺たちは再度選択を迫られた。

「ゲームを終えたら…、その後どうなるんですか？」

「ゲームを終えたら…、ね。うん。それ、よく訊かれるんだけどね、結局それも君たち次第だから、何とも答えられないんだ」

「僕たち次第？」

「そう。ちょっと想像してみてよ。ずーっとテレビゲームばっかりして遊んでいる子供のところにお母さんが来てね、こう言うんだ。『もういい加減ゲームをやめなさい！』って。で、ゲームのスイッチを切ったその子は、今度は何をすると思う？」

「え？　何って…。その子次第ですよね。勉強するかもしれないし、外に遊びに行くかもしれないし…」

「でしょ。お母さんのお手伝いをするかもしれないし、アルバイトに出かけるかもしれない。だから、そういうことなの。世の中には、ゲーム以外にもできることは無限にある。なのに君たちは、ゲームを手放すことを頑《かたく》なに拒み続けてきた。ゲーム機を取り上げられることを怖がっている駄々っ子みたいにね。本当は広い世界にいるにもかかわらず、とても小さな世界しか見ていないんだ」

その後も閻魔の口からつらつらと出てくるものは、どれも軽いたとえ話だったが、妙に納得がいった。

突きつめて考えてみれば、どんなゲームも「思い通りにならない」という前提が必要。つまりは、「ストレス」こそが娯楽なのだ。

思い通りにならない世界で、いかに軽やかに目的を達成していくか。プレイヤーは、自ら望んでいろいろなストレスを選び、プレイしていく。

そう考えるならばなるほど、閻魔の言う通り人間界はマゾだらけだ。

あまりにもうまくできすぎたバーチャルリアリティの中で、自分がプレイヤーであることを忘れ、キャラクターになりきって翻弄されている俺たち。

そんな、はまり込んでしまったゲームの世界から、電源ボタン一つで現実に引き戻されるそのことが、世に言われる「さとり」なのではないかと思った。だとしたら、ゲームの世界でどんなに華麗なプレイをしてみせようとも、どんなに凄い裏技を見つけようとも届かぬ世界。

ゲームオーバーしてもなお、コンテニューを繰り返して遊び続けるのが輪廻なら、ゲームを手放してしまうことが解脱《げだつ》となろう。

とはいえやはり。長らくゲームを現実として生き、そしてまたその仮想世界の記憶しかない俺にとっては、ゲームのない日常がどのようになるのかは、想像すらできない。

「ちょっと整理させてくれ」

流れを遮るようにして坂本が口を挟んだ。

「つまりだ。ここにある、どちらのドアを選ぼうと、その後、俺たちは晴れて自由の身ってことでいいんだよな？」

坂本の一言に、閻魔の太い眉がかすかに揺れた。

「いや、それがその、確かにそうなんだけどね…。それを踏まえて、一つお願いがあるんだ…」

「お願いごと？」

「うん。実は、これから僕と一緒に人間界に行ってもらいたいんだ」

「人間界⁉」

閻魔の言葉に白井は、人間界はもう懲り懲りだと抵抗を示したが、閻魔は人差し指を横に振り「そういうことじゃないんだよ」と言って話を続けた。

「君たちにお願いしたいのは、人間界に新たに生まれることじゃない。そうじゃなくて、『生まれる』ということ自体が幻想であるということを人間に伝える手伝いをしてほしいんだ。いや、そんなに難しいことじゃない。これまで僕がしてきたことと同じだから」

「なんだって？」坂本がキョトンとした顔で訊き返す。

「あ〜。やっぱりまだ通じないか。え〜っとね、どこから話したらいいものかな…。うん、ここからにしよう。今更だけど、僕はまだ自己紹介をしていなかったよね」

そう言われてみれば確かにそうか。俺は勝手に閻魔と思ってきたが、こいつが一体何者なのか、本人の口から聞いたことはない。

そして閻魔は、自分には名前がないと言い、さらに理解に困る内容を話し出した。

「僕はね、いわゆる君たちのガイドスピリット、守護霊ね。別な言い方をすれば、君たちの過去であり未来であり、君たちそのものなんだ。これまで数々の名前を持っていたけど、そのどれもが僕で、その全てが僕じゃない。だから、僕には名前がないんだ」

「なんだって？」

「要するに、僕は君で、君は僕ってこと。だからこそ、僕は君たちに輪廻の外を教えてあげたいんだ」

…どういうことか、さっぱりわからない。

俺が困惑の表情を浮かべていると、閻魔は「ここを通ったらわかるよ」と、輪廻の外へ通じるというドアを指差した。

「もし僕たちがそちらを選ばず、天国行きのドアを通ったらどうなりますか？」

白井がそう訊くと、閻魔は「言ったでしょう。いずれまたこの部屋に戻ってくるだけだよ」と笑った。

しばしの沈黙の後、最初に自分の決断を表明したのは白井だった。

「わかりました。だとしたら、僕は輪廻の外へ行くドアを通ることにします」

続いて藪内が口を開く。

「あの…、いままでの話をまとめると、アナタが俺たちの守護霊で、だとしたら…、その手伝

いをするってことはつまり、そのドアを通ったら、俺たちも守護霊として人間界に行くってい
う、そういう話っスか？」
「まぁ、そんなところだね」
閻魔がそう答えると、藪内は真剣な眼差しで閻魔ににじり寄った。
「その、守護霊ってのは、誰につくかとか、そういうの、自分で選べるんスか」
「ご要望があれば、どうぞ」
その答えを聞くと、藪内は涙を頬に走らせ、「俺も、白井さんと一緒に行きます」とつぶや
いた。
白井と藪内が自分の決断を伝えると、一拍置いて坂本が閻魔に訊いた。
「ちょっと教えてくれ。『守護霊』ってのは一体なんなんだ。あんたは輪廻の外に出ようと言
うが、具体的には一体何が起こるというんだ？　俺たちはそこで何をすればいい？　誰かを守
るとか、救うとか、そういうことか？」
すると閻魔は違うと首を横に振った。
「いや、そうじゃないんだ。だってさ、坂もっちゃん。生前、僕に救われたって感じたことあ
る？　ないでしょ。残念だけど、そういうことじゃない。救うとか救われるとか、そういった
話じゃなくてね、…むしろ救う者も救われる者も存在しない」
「どういうことか、さっぱりわからん…」

「だろうね。だからこそ、君たちはこうしてこの次元に留まっているんだ」

「この次元ってのは…、人間界のことか、それとも地獄のことか？」

坂本がそう訊き返すと、閻魔は「同じことだよ」と小さく笑った。

「ねぇ、坂もっちゃん。地獄って、どういうことかわかる？」

「…知らん。むしろこっちが訊きたいわい。なぜ俺が地獄に落とされなきゃならんのだ」

すると閻魔は大げさに両手を広げて呆れて見せた。ふぅ、と一つため息をつくと、じっと坂本を見つめた。

「ほら、もう、そこからして間違ってる。誰も君を地獄に落としなんかしないよ。誰一人として、地獄に落とされた人なんていない。そうではなくて、自分で地獄を望み、選び、創り出しているんだ。『地獄』っていうのはね、自らの意志で幸せを遠ざけようとする馬鹿げた世界のことなんだよ」

「冗談じゃない！　俺は地獄を選んでなどいない！　何だって自分で自分を苦しめなきゃならないんだ！」

「そう、ポイントはまさにそこなんだ！　その無自覚さを、どうやって気づいてもらうかが、これからの君たちの仕事になる」

「な、なんだって⁉」

逆ギレ気味の姿勢で話を聞く坂本に、閻魔は真剣な眼差しで話し続けた。

「人間は自分のいる世界が、自ら作り出した幻影であることに気づいていないんだ。そして、その世界を現実と錯覚しているからこそ、僕たちの声に耳を傾けられる者は少ない。つい先日まで君たちが僕の声に気づかなかったのと同じようにね。非物質界に存在する僕たちの声を人間界に届けるのは容易じゃない。でもこれは誰のためでもない。自分自身のための仕事なんだ」

話を理解したのか、それとも閻魔の姿勢に納得したのかはわからないが、閻魔の話が続くにつれ、徐々に坂本の表情は穏やかになり、無言でその言葉に耳を傾けるようになっていった。

「…う、うむ。…なんとなくわかった。いや、正直わかったワケではないが、アンタの話には不思議な魅力がある。この先どうなるかも、何をするかも掴み切れんが、俺も白井と藪内同様、そっちのドアを選ぶことに賭けてみよう」

坂本のその答えを聞いて、閻魔が「ありがとう」と微笑むと、部屋の壁にあった天国行きのドアが音もなく消えていった。

「え⁉　なんで…。僕、まだ答えてないのに」

薄れていくドアを見ながら、田嶋がボソリと口にした。確かに、俺もまだ答えていない。

「でも、口にせずとも二人とも決めたんでしょ？　そのドアには入らないって。だから消えたんだ」

閻魔はそう言うと嬉しそうな顔で田嶋と俺を眺めた。

第九章

源

天国行きのドアが消えると、残されたドアから光が溢れた。

「おかえりなさい。貴方の帰還を心から祝福します」

一体誰の声だったのか。

男とも女とも判別のつかない優しい声が頭いっぱいに響いたかと思うと、その瞬間、ドアの向こうから差し込む光が弾けるように強さを増した。

光は瞬く間に広がり、部屋全体を満たしていく。あまりにも強烈な光に、目をあけていられない。反射的にまぶたを閉じ、腕で目を覆ったのだが、どんなに抵抗しても遮ることができず、そのまま真っ白な光に飲み込まれてしまった。

前後左右、どこを向いても白、白、白、白……。

壁も、床も、椅子も、天井も、メンバーも、閻魔も、音も、臭いも、重さも、そして自分自身の身体さえも、何一つ捉えることができない。一瞬にして、五感全てが飲み込まれた。

いま自分が、座っているのか、立っているのか、浮いているのかすらわからない。

対象物が何一つ見あたらないから、距離感もまったくつかめず、いま目の前に広がる光景が、

「空間」と呼べるものかどうかも判断がつかなかった。

五感と共に、〝自分〟という概念が丸ごと消されていく。

「一体何が起こってるんだ!?」

声にならない叫びを上げると同時に「何も起こっていない」という答えに抱かれる。

そして、おびただしく流れ込む超絶的な理解の渦に、あらゆる疑問がその姿を消してしまった。

「そうか…、そうだ、そうだった！」

そして「俺」が、時空と共に、その光の中に溶けて、…消えた。


………

……

…


あ、あれ?

重く、暗い。

急に全てを飲み込んでいた光が弱まり、再び「自分」という感覚がよみがえってきた。と同時に、身体がひどく重く、鈍く感じられる。

まぶたを上げると、目の前にはつい先ほどまで見ていた小さな部屋と椅子、そして、頬に随喜の涙を走らせた四人の男。

その横では、手をひらひらさせて笑みを浮かべる閻魔がいた。

「やぁ、おかえりタクちゃん」

「い、今のは一体…。俺は、俺は…夢を見ていたのか？」

「あははは！　夢だって⁉　なに言ってるの、その逆。むしろ今、現実から夢の世界に戻ってきたんだよ」

「…は？」

つい先ほどの、永遠とも一瞬とも言えぬ体験が、うまく飲み込めない。明晰としか言いようのない感覚から、急に鈍重な世界へと引き戻され、頭が錯乱している。

一体何が現実で、何が夢なのか。

光の中で感じた自分と、今の自分。たしかにどちらも自分だが、決定的に何かが違う。

感覚的にはその違いを掴んでいるのだが、改めて解釈しようとすると余計に混乱を呼んでしまう。

周りを見ると俺同様、呆然とした表情で目を覚ますメンバーたち。

「は〜い。皆さんおかえり〜♪　久々の我が家はどうだった？　サイコーだったでしょ」

この軽い言葉に、なんと答えればいいのか。いや、今はそれが軽くなくとも、答えようがない。

「さて、これを踏まえて、いよいよ次の段階に進むことにしよう！」

閻魔は俺たちの様子など構うことなく、マイペースで話を続ける。

「ちょ、ちょっと待ってください！　次の段階って、いくら何でも唐突すぎます…。その前に、いまの出来事がなんだったのか、まずそれを説明してもらえないでしょうか」

理解が追いつかない自分を置いていかないでくれと白井が慌てている。

「大丈夫、大丈夫。置いてなんていかないから」

閻魔は口元をゆるませて白井の肩に手を置いた。


何もない光の中に、全てがあった。

全てがあったはずなのに、そこには自分がいなかった。

言葉にすると意味がわからなくなる出来事を経験し、俺たちは高揚と興奮が収まらない。

白井だけではない。全てを知り得たと感じられた矢先に、混乱の中に引き戻された俺たちは、そのギャップの大きさにためらわずにはいられなかった。

「君たちが今ここで体験したこと。それがなんだったのかを、これから説明していくよ。でも、その『言葉』を捉えると混乱のもとになるから、言葉そのものよりも言葉と言葉の間にある『行間』、その空白のニュアンスを掴んでほしいんだ。そして、これから君たちが思い出していくことを、君たちそれぞれの表現に置き換えて人間界へ届けてほしいってのが、さっき僕の言っていた『お願い』なんだ。それじゃあ早速始めよう」

閻魔の左手がひらりと宙を舞うと、次の瞬間、その手のひらの上に、透明な多面体が現れた。キラキラと眩《まばゆ》い輝きを放ちながら、ゆっくりと回っている。

次いで右手の人差し指を口元に寄せ、フッと息を吹きかける。するとその指先から一筋の光線が現れた。

閻魔はゆっくりと、その光線を左手に浮かぶ多面体に当てる。

光は多面体の中で複雑に屈折してから四方に弾け、部屋の壁を虹色に染めあげた。

「さっき君たちの前にあったドアはね、たとえるならこのプリズムと同じ意味を持っていたんだ。一筋の光線をプリズムに通すと光の波長が分かれて虹色のグラデーションが生まれるよね。君たちが今まで生きていたのは、一つのものが分離された投影の世界。そこには、一見様々な色（個性）が存在しているように見えるけど、その源をたどれば、一つの同じ光なんだ。

君たちはいま、その扉（プリズム）を逆行して光源へと戻った。

これまで君たちは大きな錯覚を抱え続けたまま生きてきた。それは、『分離』という名の錯覚。本当は一つの同じものなのにもかかわらず、『自分と自分以外がある』という誤った感覚を持ち続けていたんだ。たとえるなら、虹の中に見える鮮やかなグラデーションの一部を切り取り、赤、橙《だいだい》、黄、緑、青、藍、紫と名前を付けているようなものでね。

赤がタクちゃんで、橙が藪っちで、黄色が坂もっちゃんで、緑が田嶋くんで、青が白井くんで…、そうやって、色の違いに名前を付けて、『赤と赤以外』、『黄色と緑は別物』というレッテルを作り出しちゃう。

でもね…。

境目のない、無限のグラデーションの中で、『赤』ってどこからどこまでのことだろう。『黄色』ってどこからどこまでだろう。本当は、そんなものはないよね。『いや、ここからここまでのことを《自分》と呼ぶんだ！』って決めたとしても、それはただの『定義』の問題。その定義は後付けで決めたものであって、それによって《自分》がグラデーションから分離されてしまうわけじゃない。

何かと対立するように存在する自己なんて、本当はないんだ。存在の全てが、自分なんだからね。

その、本当は存在しない『分離』があると錯覚しているから、人間は本当の世界が見えなくなってるんだ。『自分と自分以外が存在する』という錯覚のせいで、その命さえも分割され、別々のものとして存在していると勘違いしてる。

自分が自分自身と攻撃し合い、自分を自分で奪い合っているという馬鹿げたことに気づいていない。

君たち一人一人が、《個別の命》を持ったことなんて、一度もない。『自分が生まれた』という感覚も、ただの思い込みでしかないんだ。常識に縛られることなく、シンプルに考えてごらんよ。君たちはいつ生まれ、いつ死んだっていうの？」

「なんだって？」

「だってさ、君たちはいま、人間界を去ってこうしてここに存在してるワケだけど…。これって、生きてるの？　死んでるの？」

閻魔にそう問われて、頭がこんがらがった。それは、とても妙な気分になる不可解な問いだった。

当然のことながら、ここへ来る以前は、その問いを思い浮かべることさえなかった。

自分は生まれていると、当たり前に思っていたし、それを改めて思い直すこともないほど、なんの疑いもなかった。

が、しかし。一度人生を終えたはずのこの状態は、生きていると言えるのだろうか。改めてそう考えると、出口を見失う。

肉体を失ってもなお存在し続けているというこの現状を「死」と呼ぶのなら、一体誰が死んだことになるのだろう。


これまで、人はみなそれぞれの命を持っていて、それを失うことを「死」だと思っていた。

漠然と、その命を保有できる存在を「生物」と捉えていた。

「誰か」や「何か」、生物が死ぬというのは、目に見えぬその命が消えてなくなる、そういうものだと思っていた。

神も幽霊も信じていなかった俺は、死後の世界などなく、死んだらそれまでで、継続される何かが存在するなんて考えてもみなかった。

が、今現在、消えてなくなると思っていたものがなくなっていない。だとしたら、これは「生きている」ということなのか…。

悶々と考えている中、ふと、この疑問を白井はどう捉えているのかと気になった。

自ら命を絶ったのだから、俺以上に「自分が死んだ」という実感があるはずだが…。

死んだはずなのに死んでいない。

考えても考えても、閻魔の言うとおり「ここが死だ」と言い切れる地点は確かに見つからないのだ。

「ねぇ、死んでないでしょ。現にいま、こうして存在しているんだから。君たちはこれまで、『死』は『生（誕生）』の対局としてあると思っていたよね。『生』という《始まり》があって、『死』という《終わり》があるという、その考えがそもそもの誤りなんだ。『生』に対局はないんだよ。『死』は存在せず、『生』だけがあるんだ。つまり、命には《始まり》という起点そのものがないんだ。わかるかな？」

皆が皆、首をかしげると、閻魔は少し呆れたような表情を見せて話を続けた。

「じゃあ今度は、『生まれていない』ってほうに目を向けて考えてみるよ。いい？　まずは、自分の体験を元に振り返ってみて。

当然のことながら『いま、生きている』という現在進行形の実感はあるよね。でも、『自分という命が生まれたことがある』っていう記憶を、本当に持っている？　そういう経験をしたことがあるって言える？」

それに答えたのは藪内だった。

「う〜ん…、そりゃ『記憶にある』なんてことは言えないっスけど、それは俺たちが赤ん坊だったときのことだから当然のことなんじゃ…。でも、中にはそういう記憶を持っている人もいるんじゃないっスか？　自分が母さんの腹から出たときの記憶があるって人がいるって、どっかで聞いたことありますよ。いや、あくまで聞いた話っスけど」

「だからさぁ藪っち。その話ってのも、『お腹から出てくるときの記憶』でしょ。『自分という命が誕生したときの記憶』じゃないでしょ」

「えっ？」

「僕が話してるのはね、『出産』のことじゃないんだ。『個としての命の誕生』ってこと。《出産＝命の誕生》じゃないよね。だって、出産を迎える前、お腹の中にいるときだって、胎児には既に命があるでしょ？　お母さんの自覚とは別に、お腹蹴ったりしてるんだから」

「ってことは、なんて言うんでしたっけ。あれ、受精卵が子宮に届くときの…」

「『着床』のこと？　それも違うよ。だって、受精卵は着床する前から細胞分裂を繰り返して子宮に向かうからね。細胞分裂しているってことは、それは既に『生きてる』ってことでしょ？」

「じゃ、受精の瞬間っスか？　精子と卵子が結びついたときに、こう、ヒュッと…」

「ヒュッと、何が来るって言うの(笑)。仮にさ、精子と卵子が結びつくそのときに、初めて命がヒュッと入るのだとしたら、それ以前に『命はなかった』ってことになるよね。ってことは、その精子と卵子に命はなかったってことでいい？　精子も卵子も、生きていなかったってことでいい？」

「えっ？　いや、そんなことは…」

「だよね。精子も生きていたし、卵子も生きていた。つまり、すでにそこに命はあったってことだよね」

「あ、はい…」

「だからさ、人間一人一人に〝個別の命〟があるのだとしたら、おかしなことになると思わない？」

「えっ？」

「まだわからないかな。精子の命と、卵子の命が別々にあるのだとしたら、それは誰の命なの？　精子の命は、お父さんの命？　それとも、君の命？　卵子の命は、お母さんの命？　それとも君の命？」

「いや…だから…、そんときは誰の命でもなく、精子の命は精子の命で、卵子の命は卵子の命で…」

「じゃぁ、その精子と卵子が結びついた結果としての君の肉体には、精子分の命と、卵子分の命、二つの命が宿ってるってことでいい？」

「あ、えっと…」

「だからね、『個別の命がある』っていう概念自体が間違ってるんだ。『自分の命』だなんて、そんなものは最初からないんだよ」

最初から、個別の命などない。元からないのだから、それを消失できるはずもない。だからこそ、人間が思っているような死、つまり「命を失う」ということはありえないのだと閻魔は言う。

ないものをあると錯覚し、根本的な誤りを土台としたパラダイムの中で生きるからこそ、人間は苦悩から抜け出せない。存在の全てが本来は一つの同じものだという真実を見失い、「分離」という幻想の中に埋没しているからこそ、そこに苦しみ(地獄)が生まれるのだ、と。

そして、俺たちが解釈につまずき、「わからない」と告げるたびに閻魔はドアを創り、あの光の中、一切の隔たりがなくなったあの世界へ俺たちを送った。

光の中には、言葉や概念といったものは一切見つからない。それなのにこの光へ放り込まれるたびに閻魔の言葉の奥深くに埋もれていた意味が露わになり、その言葉が示したもの以上の、膨大な理解がドッと押し寄せる。

意識が圧倒的な「理解」に飲み込まれてもみくちゃにされる。掻き回されて粉々になる。まるで、鍋の中で長時間じっくりと煮込まれるシチューのジャガイモのように、俺たちの意識はゆっくりと溶けて、理解と一つになった。

つい先ほどまで閻魔に「わからない」と言っていた、その答えを理解している自分がいる。

そう。やはり光の中には、全ての答えがあった。

いや、「答えがある」と言ったらウソになってしまう。なぜなら、ここには、なんの疑問も存在しないからだ。「答え」の対局となる、小さな「問い」さえ存在しえない。だからこそ、その「答え」も存在しないのだ。未知が存在しない、完全なる既知の世界。ここでは、あらゆる矛盾やパラドックスも瞬く間に融解してしまう。

どんな境界線も、一欠片の疑問も存在しないというその状態は、圧倒的な解放感と安心感を与えてくれた。

どこまでも優しく包み込んでくれるたおやかな静寂と、躍動感溢れる鮮烈な透明性。この光の中に流れるその動きは、生命のダンスそのものだ。


そしてまた…


「おかえり〜♪　ね、ね、どうだった？」

いつの間にか、ヘラヘラと笑う閻魔がいる狭い部屋へと引き戻される。

一体どのような仕組みになっているのか。

つい先ほどまであらゆることを知り理解していたはずなのに、この部屋に戻ってきたとたん、また多くの思考にまみれてしまう。

冴えに冴えていた感覚が鈍り、濃い霧に包まれたかのように、理解が曖昧さを増してゆく。

どうしても、あの圧倒的な感覚を、この部屋にそのまま持ち帰ることができないのだ。

その歯がゆさに奥歯を噛みしめていると、閻魔は俺の肩を叩いた。

「うんうん。わかるよ。まどろっこしいでしょ。歯がゆいでしょ。でもね、それはしょうがないんだ。ここは、言葉の次元だからね。どんなに頑張っても、光の中で感じたものを、そのままこの次元に持ってくることはできないんだ。言葉は、仮想現実を創り出すツールの一つなんだ。だからこそ、厄介でね」

「なんだって？」

「これから君たちには人間界に行っていろいろ伝えてもらうんだけど、彼らに真実を伝える難しさがここにある。大事なことだから覚えておいて。彼らに伝えるのは言葉じゃない。理解そのものなんだ」

「言葉じゃなく、理解そのもの…。それは、どうやって？」

「それは、自分で工夫してよ」

「ええ？」

「この真実の最奥は言葉では伝えられない」

「なぜ？」

「タクちゃん、いま君が感じている歯がゆさ、それこそがその答えだよ。光の中で君が感じた真実は、いわば『統合の世界』だ。存在の全てが自分と溶け合い、ありとあらゆる境界線がなくなることによって初めて触れることができるワンネスの世界。だけど、『言葉』はその世界に逆行する『分離』を生んでしまうツールなんだ」

「言葉が、分離を生む？」

「そう。その典型的な例が『名前』さ。名前を付けるという行為は、物事を分離させるということに他ならない。さっき話した『自分が生まれたことがあるという誤解』『自分と自分以外があるという錯覚』も、この『名付け』によって強められているんだ。君が『峰岸琢馬』と名付けられたことによって、君は『峰岸琢馬』という《独立した存在》があるという錯覚を確固たるものにした。でも本当は、君は峰岸琢馬なんかじゃない。ドアの向こうに流れていた命の源泉、そこから派生する存在の全て、それが本当の君なんだ。名前（名付け）は、あらゆる存在を人工的に分離する。たとえば、肉・骨・内臓・皮膚・毛・歯・足・胸・指・鼻…。一人の身体でさえ、いくらでも分離されていく。名付ければ名付けるほど、《それ》と《それ以外》が増殖する。『分離』というツールを使って、『統合』を理解することは不可能なんだ」

「もう少し教えてくれ」

閻魔の話が続く中、新たな質問を投げかけたのは坂本だった。

「俺たちが一つの同じ源によって生かされてるってのは、なんとなくわかったんだが、それでもやはりわからないことがある。アンタが言うように『生まれる』と言うことが『新たな生命の誕生』じゃないのだとしたら、俺たちのこの感覚は一体なんなんだ。さっきのドアの向こうでなら、確かに『自他などない』と思えるが、こうしてこの部屋に戻ればやはり『俺は俺』だ。俺がいて、アンタがいる。『個としての命』が生まれないのなら、いつどこで、何がどうなって、この『分離した自分』が生まれたんだ？」

「そこで知るべきは、その分離感はあくまで『感覚』であって、『実体』ではないってことなんだ。何かとかけ離れた『坂もっちゃん』という実体が生まれたのではなく、エネルギーの滞り・詰まりによって、一見分かれているように見えるっていうだけなんだ。どう説明しようかな……」

すると閻魔は静かにコクリと一つ頷いて、また空中に何かを創り出した。

閻魔が「パンッ」と一つ柏手を打ち、右の手のひらを上に向けていると、その手のひらからにょきにょきと細長い風船が現れた。大道芸人が器用に犬とかウサギとかを形作るときに使う、あの細長いバルーンだ。

五十センチほどの赤い風船が現れると、その先を坂本の鼻先に向けて話を続けた。

「ねぇ坂もっちゃん。この風船、いくつに見える？」

「いや、いくつって…。そりゃ一つにしか見えんが…」

「うん、一つだよね。でも、こうすると…」

するとと閻魔は「キュッキュ」と歯の奥がかゆくなりそうな音を立てながら風船を捻《ねじ》った。あっという間に繋がったソーセージのようになっていく。

「今度はどう？　風船はいくつ？」

「なるほど。風船は相変わらず一つだが、確かにそうすると複数にも見えるな」

「『自分がいる』という感覚はね、こうやってできたんだ。決して分裂することのできない大いなる一つが、『捻れ』というエネルギーを通して『擬似的に』分裂を体験している。『自分』という感覚は『一時的なエネルギーの捻れによって、分離しているかのように見える』という錯覚なんだ。

坂もっちゃんは聞いたことがあるよね。仏教で『業《カルマ》』と呼ばれているのは、このエネルギーの捻れのことなんだ。そしてこの捻れがない円滑な流れが『法《ダルマ》』

「ふ、ふむ……」

「分離意識・自我の始まりは《個》を経験したいというエネルギーなんだ。《個》としての自分を保ちたいというエネルギーの歪みが生まれたとき、そこにある種の『引力』が発生する。

言ってみれば、《個》を保つために必要な情報を収集する引力さ。物質として独立しようとする試みや、『自分が何者であるか』という特徴付けのことだね。名前・生年月日・国籍・肩書き・性格・性別・身体状態・環境・人間関係・思考・クセ……。あらゆる情報をかき集めて《自分》を定義づけようとする。それこそが、《自分》が《全体》から引き離されているという誤解を生み出すんだ」

閻魔がソーセージのようになった風船を、その手の上で何度か弾ませると、風船はまた、ポコンと小さな音を立ててそのカタチを変えた。左右の大きさが不均等な鉄アレイ、とでも言おうか。大きさの異なる二つの玉を、細い管で繋いだ造形の風船が、閻魔の手の上に浮いている。

「じゃ、今度は『エネルギーの捻れ』を、別なものにたとえて話を続けよう、これもあくまで方便にすぎないんだけど…。ね、この中に、水が入ってるの見える？」

その言葉の通り、風船の中では少量の水がチャプチャプと波打っていた。まじまじと眺めていると、その水はまるで意志を持っているかのようにうねうねと動き出し、風船の中央、細くなった管の部分に集まっていく。

すると閻魔は、ただでさえデコボコしている額に、さらに皺を寄せて口元をすぼめると、風船の中央に「ヒュウ…」と一息、真っ白に輝く冷気を送った。風船の中央部分が、パチパチと鳴りながら一瞬にして凍りつく。

「さて。この風船の小さい膨らみを『個人』、こっちの大きな膨らみを『源（ソース・存在する唯一の命）』とするね。で、その間にあるこの管に水が貯まっている。この水が、さっき話した『自他を定義づけようとする思考・情報の集積』のことだよ。そしてさらに、その水を凍らせてしまった要因がある。それが『恐れ』というエネルギー。自分を守ろうとするその意識が、水を氷に変えて防護壁を作ろうとするんだ。『捻れ』が『氷の壁』に変わっても同じこと。個人という小さな膨みは独立して存在しているものじゃない。その自覚があろうがなかろうが、存在の全ては、必ずこの命の源《ソース》と繋が

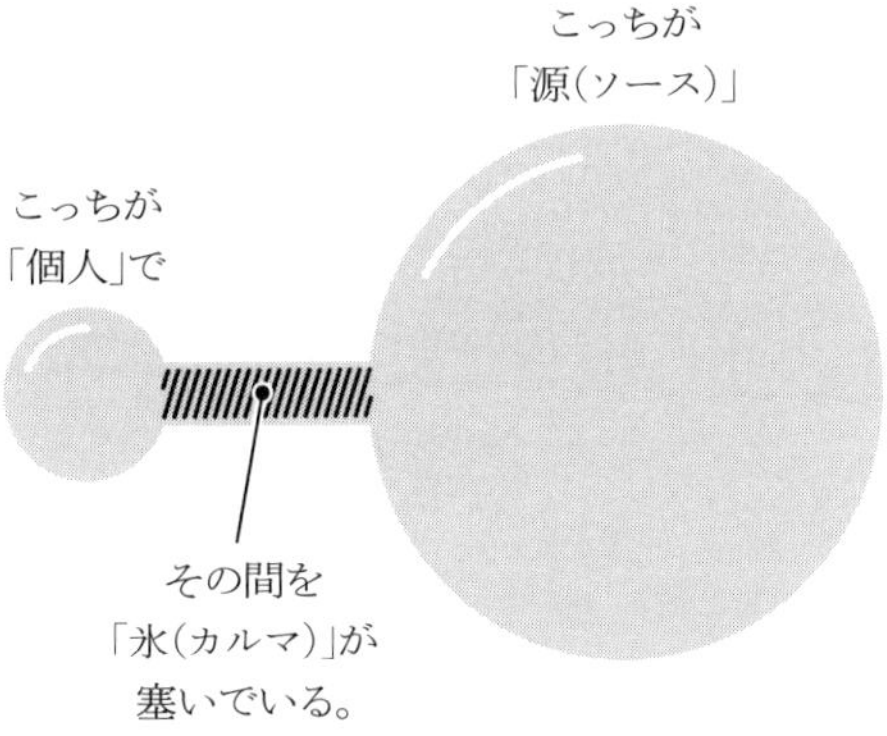
こっちが
「源（ソース）」
こっちが
「個人」で
その間を
「氷（カルマ）」が
塞いでいる。

っている。『生物』と『無生物』などと分けられるものは何一つなくてね、あらゆる次元を通して、命以外のものは実在しない」

そこまで話すと、閻魔は一拍置いて白井を見つめた。

「そしてね、君が長らく信じてきたような『自分と別に存在する神』ってのも存在しないんだ。人を裁き、審判を告げるのが神じゃない。この源《ソース》こそが神であり、神は命そのもののことなんだ。君は長らくこの氷（カルマ）の障害によって源《ソース》との繫がりを見失い、それゆえの苦悩を抱き続けてきた。分離意識こそが苦しみの始まりであり、その苦しみの深さは、源《ソース》からどれだけ離れてしまったかに比例する。君たちが何度も耳にしてきたであろう『キリスト』という言葉は、この氷による詰まりがなくなった状態、源《ソース》と繫がった状態であることを示した言葉なんだ」

「今の話が本当だとしたら、私自身が神ってことになってしまいますよね…」

白井が戸惑いながらそう言うと、閻魔はその通りだと笑った。

「ねぇ白井くん。君はよく教会に通っていたから『モーセの十戒』は知ってるよね？」

「ええ、旧約聖書に書かれているアレですよね。もちろん知ってますけど…？」

「その一番目に出てくる言葉を思い出してごらん」

「え〜と確か、『わたしはあなたの神、主であって、あなたをエジプトの地、奴隷の家から導き出したものである。あなたはわたしのほかに、何者をも神としてはならない』だったと思います」

閻魔は、白井のその答えに静かに頷き、ニッと白い歯を見せた。

「そう、すでに知っているじゃない。その言葉の通り君は、『わたし』のほかに、何者をも神としてはならない」

「え？　あっ！　え〜〜〜⁉　『わたし』って、その『わたし』⁉」

「そして、モーセの言葉はこう続くよね。『あなたは自分のために、刻んだ像を造ってはならない。上は天にあるもの、下は地にあるもの、また地の下の水の中にあるものの、どんな形をも造ってはならない。それにひれ伏してはならない。それに仕えてはならない』と。

君はこれまで、この言葉の意味を理解しないままに神を求め、探し続けていたんだ。『わたし』以外の神がいると想像し、ありもしないそれにひれ伏していたんだよ。

いいかい？　神を探してどんなに長い旅を続けようとも、誰一人として、神と出会える者はいない。神を探し求めている当の本人が神自身だからね。自分自身が神であることに気づく以外、どこに神を求めても、決して見つかりはしないんだ。だから、別な時代、異なる場所でも違う言葉で同じことが語られてきた。禅仏教なら『仏に逢《お》うては仏を殺せ。祖に逢うては祖を殺せ。羅漢に逢うては羅漢を殺せ。父母に逢うては父母を殺せ。親眷《しんけん》に逢うては親眷殺せ。始めて解脱を得ん』という言葉で、古代ギリシャならもっとシンプルに『汝《なんじ》自身を知れ』ってね」

閻魔の話が小休止に入ると、また、言葉にできない圧倒的な何かが押し寄せてきた。

（『わたし』は天と一つであり、地と一つであり、また地の下の水の中にあるものとも一つの同じものである。自分のために、刻んだ像を造ってはならない。それにひれ伏してはならない。それに仕えてはならない……）

閻魔と目が合うと、そんな、話の続きが俺の中に勝手に入り込んでくる。その感覚と共に、無造作に散らばっていたあらゆる記憶が、新たな意味を持って繋がってゆく。

しかしそれは、先ほどの感覚とは若干の違いがある。

完全に源《ソース》へ溶け込み、「全」になっているワケでもなく、かといって、源《ソース》と切り離された「個」があるわけでもない。その間にゆるやかに漂うような、「全」と「個」を繋ぐ次元……。

（お、タクちゃん。いい感じじゃない！　そうそう、それだよ、それ！　そこが僕たちがいる『聖霊の次元』だ！）

視覚でも聴覚でもないところから感知される波動。その発信源が閻魔であることは明確に感知できた。これが…、テレパシー？

（そうだね。似たようなものかもしれない。どちらかと言えば「コミュニオン」と呼ばれるも

のに近いのだけど）

コミュニオン？

聞き慣れない言葉だった。

（言葉、表情、ジェスチャー…、そういった五感を通じて得られる情報・意志・感情共有。人間同士の交流の多くは「コミュニケーション」と呼ばれるものだよね。それは、繋がりが分断された関係の中で生まれる外側でのやりとりなんだ。それに対して「コミュニオン」は、五感を超えた次元で行われる内側での交流、繋がりのことだよ。この交流の仕方において、僕たちは『源《ソース》』を通じて『個』を繋ぐ。言い方を換えれば、「神」と「人間」を結ぶ次元のバイブレーションのことさ）

その後も俺と閻魔は、源《ソース》を通して多くを語った。

「語る」とはいえ、それはこれまで俺の中にあった「対話」とは全く異質なものだ。カタチとしては「個」を保ちつつも、質的には源《ソース》と繋がり、自他が「一つ」となっている。

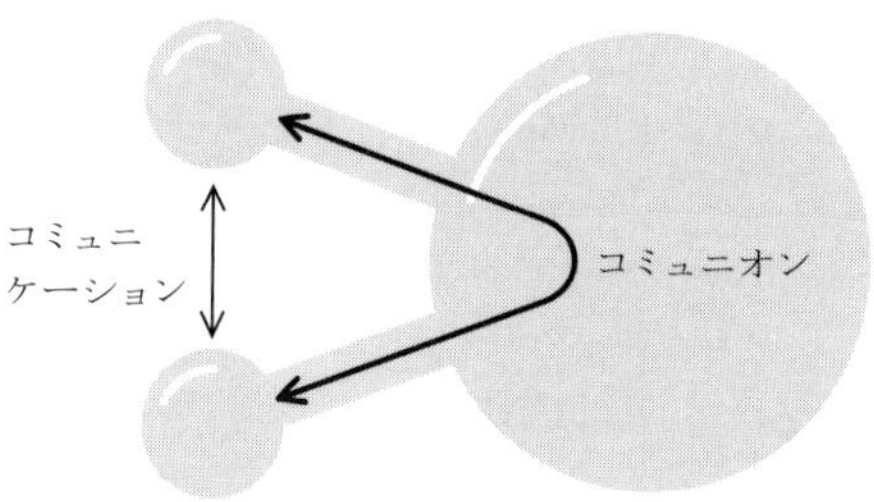

「自他」がないから、そこにあるのは「やりとり」ではない。自分対自分の「繋がり」だ。
コミュニケーションや、テレパシーには、かならず「相手（自分以外）」が存在するものだが、この次元（閻魔曰く「聖霊の次元」）においては、「相手」が存在しない。奇妙な感覚ではあるが、自分を規定する壁が取りはずされた今、目の前にいる相手もまた、やはり「自分」なのだ。
「神」という本質的な自分自身の中において、未知と既知が溶け合う、この不可思議な繋がり。閻魔が「コミュニオン」と言ったそれには、どこか懐かしさに似たものがあった。

（そりゃそうさ。君は一時も源《ソース》と切り離されたことなんてない。ただ、その自覚がなかっただけなんだ。その懐かしさはそこから来る。考えてもみてごらんよ。さっき話した通り、源《ソース》は存在する唯一の「命」、あらゆるエネルギーが創出される原点だ。生命そのものである君が、命から離れられるはずがないじゃないか。君はこれまでも、これからも、この源《ソース》からエネルギーを供給され続ける）

いや、しかし…。これまで俺たちはその源《ソース》との間に「詰まり」があったワケだよな？　だとしたら、その間エネルギーの供給が途絶えていたということになってしまうじゃないか。

（うん。タクちゃんの言う通りだよ。個と源《ソース》を繋ぐパイプが詰まっていれば、その間、生命エネルギーの供給は途絶えてしまう。だからこそ、君たち人間には「睡眠」が必要だったんだ）

睡眠？

（さっき話したよね、カルマは「思考」と「恐れ」によって形成されていると。それを逆に考えれば、「思考」と「恐れ」がなければ「詰まり」もなくなる。つまり、源《ソース》と直接繋がるってことさ。君はそれを「睡眠」を通じて経験していたんだ。深い睡眠状態には「思考」も「恐れ」も存在しないでしょ？）

夢はどうなんだ？　あれは「思考」じゃないのか？
それが悪夢なら「恐れ」もあるだろ？

（「夢」を見るのは眠りが浅い状態のときだよ。聞いたことない？　人間は一晩のうちに、浅い眠りと深い眠りを交互に繰り返している。僕が話しているのは「深い眠り」のほう。「思考」と「恐れ」が完全に消失した眠りのことだよ。そこにおいて、君は生命エネルギーの多くを得ていたんだ。だからさ、いくら食べ続けても、眠らないと活動し続けられなかったでしょ？）

「思考」と「恐れ」が完全に消失した眠り……。言い換えれば、そこで俺は、神と繋がっていたってことか？

（そう。タクちゃんだけじゃないよ。誰もがそうなんだ。タクちゃんの場合は、その状態を再現できていたのは一晩に数分程度。たったそれだけの中で、二十四時間活動するだけのエネルギー供給を受けていたんだ。でも、残念ながら深い睡眠で得られるその感覚は、記憶されることは少ない。眠っているときは「思考」や「恐れ」と同時に、「自覚」も消失してしまっているからね。もしその感覚を朝起きたときに持ち帰ることができたなら、それは「予知夢」などの特異なインスピレーションとして活用されただろうね。タクちゃんにも、少しぐらいなら経験があるんじゃない？）

さて、どうだったろうな。

（本当は「睡眠」じゃなくてもいいんだけどね。問題は、いかに「思考」や「恐れ」から離れられるかって話だから。「思考と恐れがない」というのはつまり、「リラックスしきっている」

という状態のことなんだ。君たちはカルマがあるからこその分離感によって、安心感を失ってしまっている。だからこそ、この「リラックス」や「くつろぎ」と呼ばれる状態を深められない。リラックスしきっているとき、くつろぎきっているとき、人は源《ソース》と繋がることができるんだ）

と、そのとき。源《ソース》を通じた繋がりの中に、俺と閻魔以外の声が響いた。気がつくと、白井がまっすぐな眼差しで閻魔を見つめていた。

（いや、しかし…。そうとはいえ、人が神を求めるのは、なんらかの恐れがあるからこそではないですか。数々の問題にさらされ、どうすれば苦悩と決別できるのかと、考えているときではないですか。その状況において「リラックスしろ」だとか「くつろげ」と言われても、できるものじゃないと思います）

「白井、おまえもっ！」
そのエネルギーを内側で感じたとき、またバツンと大きなインスピレーションが降ってきた。
すると、まるで俺の意志に合わせるかのように、閻魔の横で浮かぶ風船が、ボコボコと音を立て瞬く間に変形し、小さな突起を増やしていった。

「ああ、そういうことか！」

『その自覚があろうがなかろうが、僕たちは、決して分割できない一つの同じ存在』――閻魔が話したその言葉の意味が、白井と源《ソース》の間にあった詰まりが消えた瞬間、ようやくクリアに飲み込めた。

白井の問いは俺の問いであり、その問いに対する閻魔の答えは俺の答えとなる。奇妙な感覚の中で、理解は新たなカタチへと変わっていった。


「カルマ」という名の氷の有無にかかわらず、一つの同じ存在。

そしてその「カルマ」さえも、決して「悪」ではない。元から神の中にある、同じ質のエネルギーだ。一つの同じ物質が、温度によってその状態を変化させるのと同じように、神の中に満ちるエネルギーの総量は、増えもしなければ、減りもしない。

風船の中にあるものを「H２O」だとたとえるなら、それが気体として空間に満ちているか、液体として流動しているか、それとも、固体として形作られているかといった違いだけだ。

〈そうなんだタクちゃん、いいところに気づいたね。まさにその通り、僕たちは一つの同じ存在として、増えもしなければ減りもしない。生まれもしなければ消えもしない。僕たちに満ちているそれは、「恐れ」によって冷却され、愛によって暖められる。そうやって「状態」を変化させ続けて脈動するエネルギーそのものが僕たちなんだ。
こう考えてみて。源《ソース》の中心に向かえば向かうほど高温になっていく。そこは、どんなに固まった氷だろうと、瞬時に気化させるだけのパワーを秘めているんだ。逆に、源《ソース》から離れれば離れるほど、温度は低下し、気体を液体へ、液体を固体へと変化させていく。白井くんが抱えていた氷が気化すればほら、この通り。僕たちは「一つ」を実感することができる。そしてまた、いまだ氷を抱えたメンバーだって、その「状態」が変化すれば、一つになれることが、ハッキリとわかるでしょ）

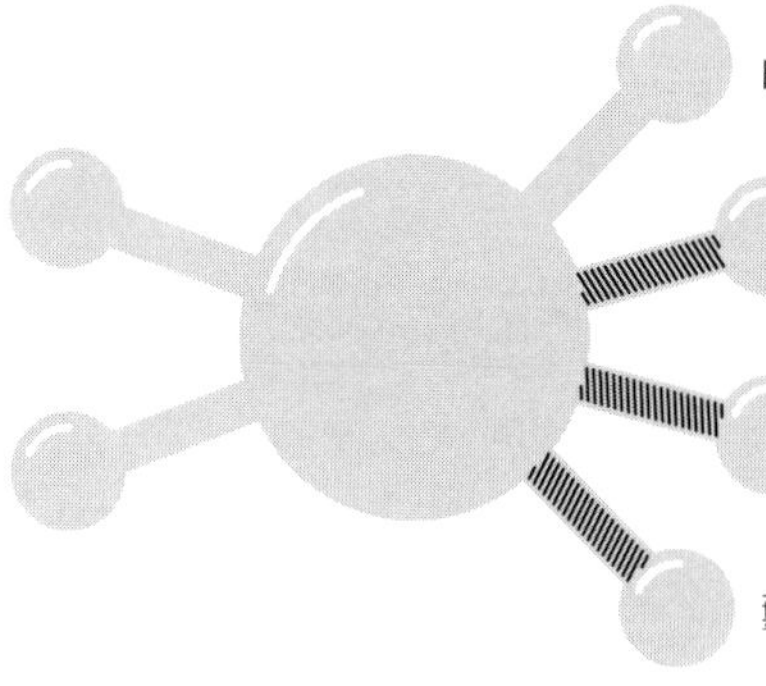

（人間が抱える「苦悩」は、源《ソース》から離れようとする姿勢、分離意識の強まり（凝り固まった思考の集積）に比例して生まれる。神意識の次元（ソースの中心）から離れるからこそ不安が生まれ、神を、愛を求め出す。そして、愛を求めてさまよい出すが、愛を見失っているがゆえに、その努力は「分離感」を増す方向に傾き、状況をより悪化させてしまうんだ）

愛を、見失っている…？

（そう。「愛」は存在の内側にある。俺たちの存在そのものが愛なんだ。でも、カルマによって源《ソース》との繋がりを閉ざされた状態にいると、それが感じられなくなり不安へと変わる。そして、その不安を外側での交流、「コミュニケーション」で補おうとしてしまうんだ。

「一つ」という潜在的に知っている安心感を求め、「個」を保った状態の中で、擬似的に「一つ」を再現しようともがく。でも、その状態ではどこまで行っても「個」という性質（「分離感」という苦悩の根本原因）から抜け出せない。むしろ「他」との関係性の中で、より「個」を強めてしまうんだよ）

じゃぁ、一体どうすればいいと言うんだ？

（だから、何度も言っているじゃないか。本質的な救いは、自分が神であることを思い出すしかない。愛を外にではなく、内に見つけなければならないんだ。

世界には数え切れないほどの対立が存在するけど、その原因をたどっていけば、どんな対立も同じ理由が元になってる。

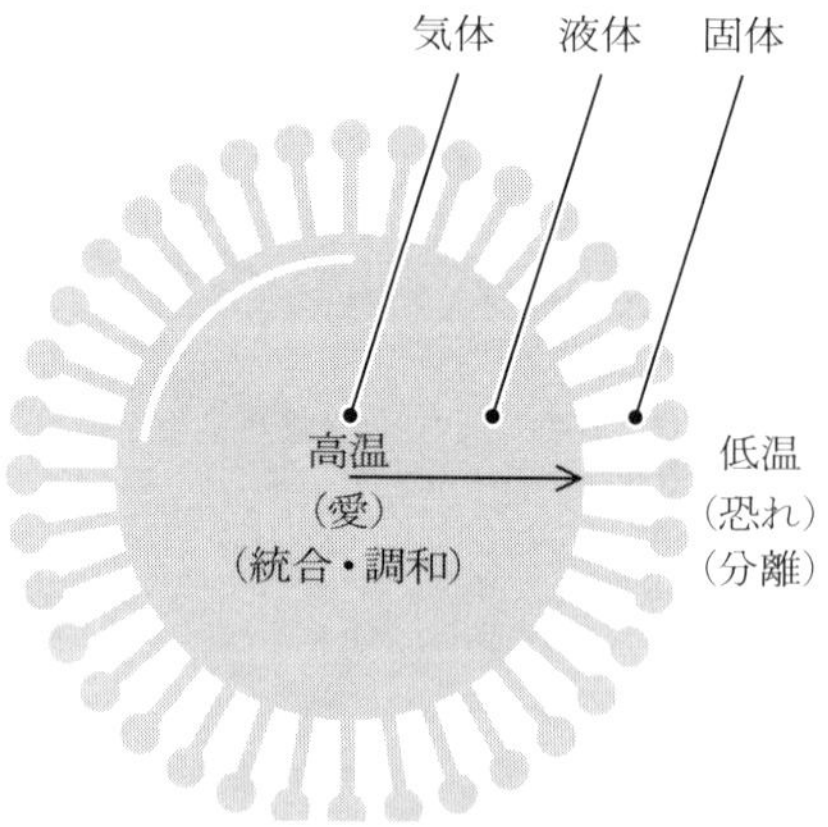

それは「わかり合えない」という状況だよ。それを解決するには、その隔たりをなくさなければならないんだ。その「隔たり」とはつまり、「カルマ」そのもの。「他」が存在するという錯覚の中で恐れが生まれ、その恐れゆえに「カルマ」という壁で防御をはかっているのが人間。だから、そこから脱するには、「分離」という錯覚を見破るか、自らの手で築き上げた防御壁、心の壁を取り払うかしかない。どちらにせよ、源《ソース》を信頼して心を開く必要があるね）

（いや、ですから…。心を開けなんて簡単に言いますが、臆病な私たちにとって、心の壁を開くということは至難の業なんです。私自身も、なぜ今この状態にあることができているのかも理解できていないんです。自分の意志とは関係なく、何かこう、ハプニング的に起きたことのような…）

白井が源《ソース》を通じて閻魔にそう問い掛けると、彼もまた（その疑問の中に、すでに答えがあるじゃないか）と、無言のまま返答する。

（まず第一に、「自分でカルマを消そう」という、その態度自体が間違っているんだよ。だって、考えてもみてごらん。そのカルマを消そうとしている「自分」は、カルマあってこそ存在できる「自分」なんだよ。壁があるからこそ生まれる自分だ。だからこそ、「自分がカルマを消そう」とすれば、そこに確固たる「自分」があり続けてしまうでしょ。君が指摘した通り、まさに、自分を守ろうとする臆病さゆえにカルマを抱えているんだから）

（あっ……。そうか、確かに）

（だからね、「自分でカルマをなくそう」という試みは空回りするだけだよ）

（……だとしたら、余計にどうすればいいかわからないじゃないですか）

（難しく考えすぎだよ。「自分で」しようとせずに繋がりを信頼して、それに身をゆだねるんだ。源《ソース》は燦々と降り注ぐ太陽のように、いつだって僕たちに熱を与えてくれている。君たちが冷却装置を切ってくれさえすれば、その熱は氷を溶かしてくれるんだ。繰り返し話している通り、「思考」と「恐れ」がなければ、その状態は自然に訪れるんだよ。君たちだって何度もその状態を経験しているじゃないか）

（何度も経験してる？　でもそれは、さっき言っていた「自覚も一緒に失っている、寝ているとき」の話ですよね）

（いや、それ以外でだって日常的に経験してるさ。ただ、その状態を意識的に維持できていたかといえば「ノー」だけどね。思い出してみて。「思考」と「恐れ」が消え、源《ソース》の優しさと暖かさに触れることができる状態、それがどんなときかを）


閻魔はそう言うと、意味ありげに大げさな笑顔を作って俺たちを見た。

なるほど…。そういうことか。

それに気づいたとたん、俺は、つい声を上げて笑ってしまった。

「あはははははは！　…なるほど確かに、このときばかりは思考も恐れも停止するな」

あのドアを通り、プリズムの向こうへと入ったときに感じた「ここに来るのは初めてじゃない」という感覚は正しかった。

閻魔の示す通り、そこへは何度も、日常的に足を踏み入れていた。

ただ、それがあまりにも瞬発的なため、記憶に定着していないだけだ。それでもやはり、その感覚は誰もが経験済みだ。

そして、俺と閻魔は目配せすると、二人同時に白井を見つめ、さらに大げさに笑ってみせた。

「ほら白井、キョトンとしてないで早くお前も笑ってみろよ」

「え？　なに？　どういうことですか？　……あっ、そうか‼　あはははは！　なるほど！

確かに！　あはははは…」

源《ソース》との繫がりが訪れる状態。つまりは「思考」と「恐れ」から離れている状態は、思い返してみるといくつも見つかった。

その一つが、腹から笑っているときだ。

人は、思い悩みながら笑うこともできないし、恐れながら笑うこともできない。つかの間ではあるが、「笑い」というその瞬間においては、まさに思考も恐れも消え去っている。

しかも、睡眠時とは違って、「意識が途切れる」ということがなく、無思考というその状態を自覚することができる。だからこそそこで、思考や恐れと引き替えに現れた、解放感や安心感、歓喜や充足感、信頼や一体感などといった、暖かなエネルギーを味わうことができる。

それは言うなれば、日々「自分」を守るため必死に抱えていた盾を下げることのできる安心と信頼。緊張・防御姿勢からの解放だ。

腹から笑えるというその態度は、ある意味では非常に無防備とも言える。

時には、「笑うしかない」といった言葉が表すように、いま目の前にある八方塞がりの状況に対しての完全降伏を意味することもあろう。しかしその降伏は、決して「負け」を意味するものではない。白井のボキャブラリーを借りるなら、笑い声はそのまま「神の思《おぼ》し召すままに」といった宣言となり得るということだ。

（その通りだよ、タクちゃん。素直な笑いにしろ、降伏を意味する笑いにしろ、そこに共通するものは「状況（いま）を受け入れる」という態度なんだ。笑いは思考と恐れを手放したところにある。それはつまり、現実創造の主導権を「分離した自己」という錯覚から、「本来の自己（源《ソース》）」へ譲るということなんだ。錯覚で生まれた小さな自分ではなく、神や愛という本来のエネルギーが現実を紡ぎ出すことになる。「奇跡」と呼ばれる現象は、そうやって生まれるんだ）

奇跡？

（「奇跡」ってさ、よく「人智を超えた出来事」なんて言われるでしょ。「人智」は思考、パイプに詰まった氷のことさ。神との繋がりを断っていては奇跡は生まれようがない。奇跡は源《ソース》との共同作業で初めて成立するんだ。これを理解したら、これまでの君の人生全てが奇跡だったことがわかるはずだよ。どんなに小さな願いも、それを叶えてきたのは君じゃなく、源《ソース》を起点とした「全て」が必要だったことに気づくからね）

それは、どういう意味だ？

（現実を創造する力は、神しか持っていないってことさ。「分裂した自己」がどんな願いを持

ったとしても、その願いが源《ソース》に届かなければ具現化には至らないんだよ。ほら、君たちはつい

さっき、極楽飯店でその仕組みに触れたばかりじゃないか）

え？

（料理、どれも美味しかったでしょ？）

は？　いや、たしかに旨かったが…。なぜ今、その話に？

（君たち五人の心が同時に開くことで、その仕組みに触れたんだよ）

「ねぇ、みんなは『シンクロニシティ』って、聞いたことある？」

しばらくコミュニオンを通じて語りかけていた閻魔が、声を出してつぶやいた。

「なんスか、それ？」藪内が首をかしげて口を挟む。

「『意味のある偶然の一致』なんていうふうに説明されることもあるね。たとえば…『あの人、いまどうしてるかな？』って思った瞬間に、その相手から電話がかかってきたり、『今晩はカレーが食べたいなぁ』って何となく思ってたら、横にいるお母さんが『今晩はカレーよ』って、

同じこと考えていたりとか、買おうと思っていたモノを、突然プレゼントされたりだとか。そういう物理的因果を超えて生まれる出来事のことを、『シンクロニシティ』っていうんだ」

「なるほど」

「これも一つの『奇跡』。同じ仕組みで生まれる現象なんだよ。『奇跡』は、あり得ない出来事・滅多に起こらない現象じゃなくて、氷(カルマ)が溶けたときに自然と起こることなんだ」

「え？」

「源《ソース》はいつだって、僕たちに『最善』を与えようとしている。『分裂』という錯覚を持った者へも、休むことなく無償の愛を送り続けている。だからこそ、源《ソース》との繋がりを閉ざす壁さえなければ、自然と最善へと向かう流れが源《ソース》から供給されるんだ。『分裂した自己』の意志ではなく、『源《ソース》』の意志が主導となった現実が創られていくんだよ。

それは時に、分裂した自己の次元から見るととても不思議な現象、意味のある偶然に見える。人間は普段、思考や恐れによって源《ソース》との繋がりが遮断されている。でも、ずっと遮断されっぱなしってことではないんだ。

腹から笑えることだったり、お風呂に浸かった瞬間だったり、我慢していたおしっこをようやくすることができた瞬間だったり、時間や自分の存在を忘れるほど何かに没頭しきっているときだったり。

ほんのつかの間ではあるけど氷の壁がなくなることは、誰にでも日常的にあることなんだ。

とはいえ、人はなかなかその状態を継続していられないようだ。それまでに培ってきた防御反応で無意識のうちに壁を創り、繋がりを閉ざしてしまっている。

だから、『お互いの心の壁が同時になくなっている』というコミュニオン状態は、もっと稀《まれ》な出来事になってしまう。その『稀さ』が、『シンクロニシティ』や『奇跡』という稀な現象に見えるんだ。そして…」

「そして？」

「君たちはついさっき、極楽飯店でその奇跡に触れたんだよ」

「どういうことです？」

「久しぶりの食事を、君たちは無心で味わうことができたよね。先の見えない状況の中でも、徐々に警戒心をなくし、互いに信頼し、与え合うことができたよね。そこに生まれる充足感を共有することができたよね。その中に、『もっと○○だったら』みたいな、現状を否定する気持ちも、『こうなったら嫌だな』っていう未来への不安も、『あのときのほうが…』みたいな過去との比較もなかったよね。そうやって君たちは、心の壁を取り、奇跡を迎え入れたんだ。エネルギーの捻れが消えたから、神のエネルギーに乗ることができたんだよ」

「な、なんスか、『神のエネルギーに乗る』って…」

閻魔の話には、しばしば聞き慣れない言葉が現れる。それはなにも、単語や専門用語だけではない。

「神のエネルギーに乗る」というこれもその一つだ。

「神」も「エネルギー」も「乗る」も、それぞれは聞き慣れたものなのに、それが一つの文章になると、とたんに意味がわからなくなる。

相変わらず話が飲み込めずにぼんやりする俺たちを見て、くすりと笑いながら閻魔は話を続けた。

「『神のエネルギーに乗る』っていうのは、分裂していた自己が、いよいよ完全に向けた流れに乗って、本来あるべき流動が展開されているってことだよ」

「完全に向けた流れって？」

「全体性の流れを妨げることなく、自らも神として活動できているってことさ」

その言葉が理解できず、俺たちがまた首をかしげていると、閻魔は話を続けた。

「いい？　いままで君たちは全体から切り離された感覚の中にある分離意識、この小さな風船のほうを『自分』だと錯覚していた。でも、本当の自己は、源《ソース》の側に存在する。ここにある意識は、いわば、神としての意識。あらゆる創造エネルギーの起点はここに存在してる。何かを具現化する動力は、ここにしかないんだ。なのに君たちは、その動力から離れた場で願いを叶えようとあがいていた。創造エネルギーの起点から大きく離れた場において、自分（分裂した

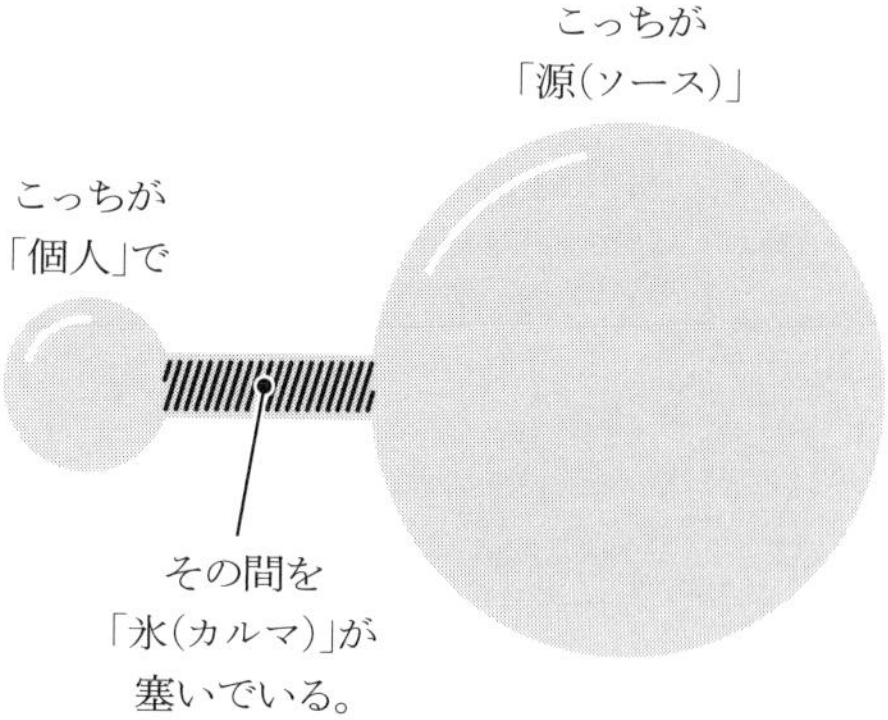

こっちが
「源(ソース)」
こっちが
「個人」で
その間を
「氷(カルマ)」が
塞いでいる。

自己）の願いを、自分（分裂した自己）の力で叶えようとしていたんだよ。分裂した自己に、願いを叶える力はない。その力を持つのは『本当の自分（実体）』なんだ。願いを叶えたいのであれば、第一段階として、その願いが源《ソース》に届かなきゃいけない。でもそこに詰まり（カルマ）があれば、願いが源《ソース》に行き着かなくなっちゃう」

「なるほど、あのときばあちゃんが言っていた《貴方には、自分の願いを叶える力はない》という言葉は、そういう意味だったんですね！」

「そう。とっても単純な仕組みなんだけどね、だからこそ、分裂した自己から見ると、この仕組みがとっても厄介なんだ」

「厄介？」

「願っても、なかなか叶わないってことだよ」

「どうしてです？」

「君たちのかつての願望の数々を思い返してみなよ。その多くが、不満や不安を元に生まれた願いなんだ」

言われてみて、確かにそうだと思った。金が欲しい、モノが欲しい、誰かに好かれたい、嫌われたくない、身の安全を確保したい、死にたくない、その他もろもろ。

思い浮かぶ願いの多くは、確かに不満や不安を解消したいがゆえに生まれたものだった。そしてまた、その不満と不安を解消するにはどうすればいいのかと模索する思考がある。

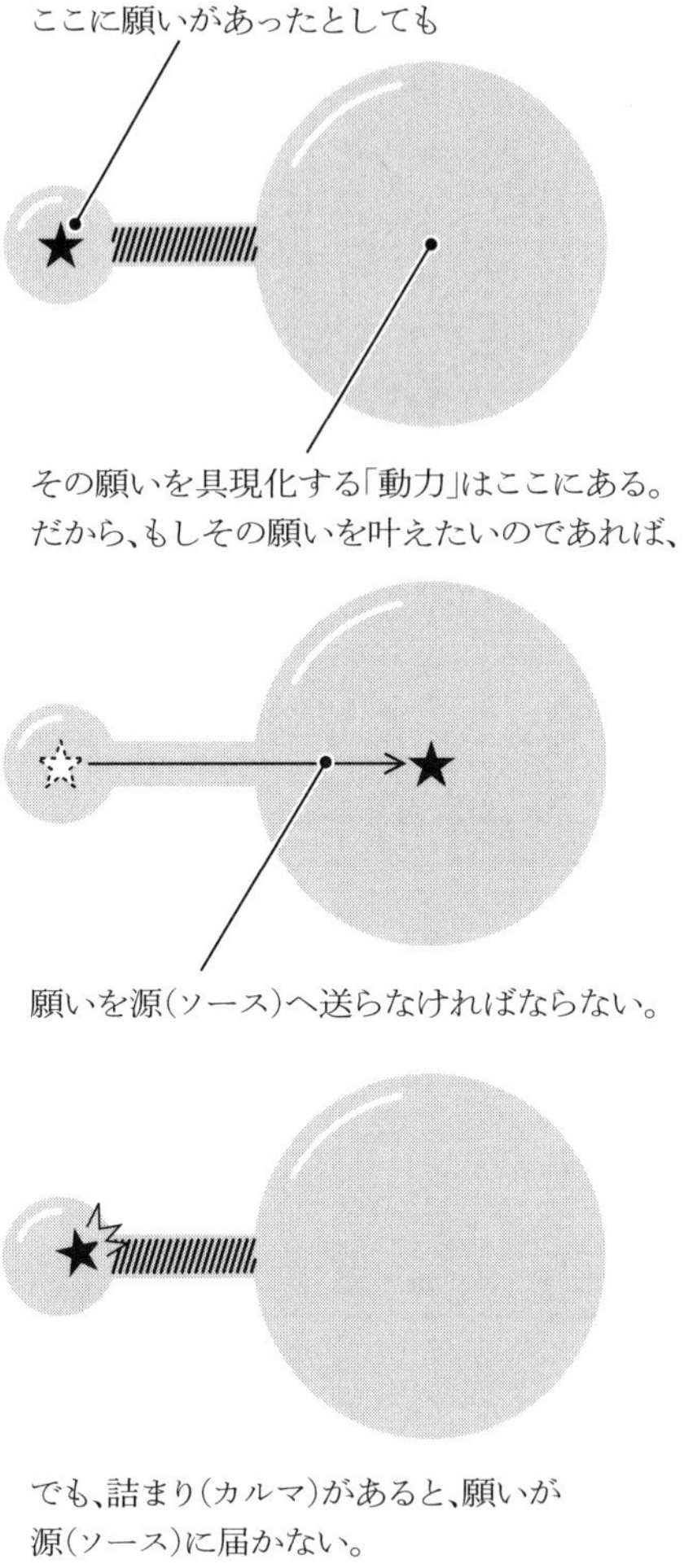
ここに願いがあったとしても
その願いを具現化する「動力」はここにある。
だから、もしその願いを叶えたいのであれば、
願いを源（ソース）へ送らなければならない。
でも、詰まり（カルマ）があると、願いが
源（ソース）に届かない。

と、いうことはつまり……。

「なるほど。願いと同時に、恐れや思考（カルマ）が存在しているな」

閻魔の説明は、白井のばあさんが教えてくれたもう一つの言葉とも綺麗に符合した。

「ばあさんが教えてくれた《願いは、願いを手放したときに叶う》っていうのは、こういうことだったんだな。願いを手放すと、その実現を妨げるエネルギーも手放すことになる」

「いや、でも…。やっぱりわからない。それじゃあ『実現を妨げるエネルギー』と一緒に、願いそのものも捨てちゃってるじゃないっスか。それでなぜ願いが叶うんですか？」俺の言葉を遮

るように、藪内が頭を掻きむしりながら訊く。その問いに、「だから！」と力強く返したのは白井だった。

「願いを叶えるのは分離した意識じゃなくて、神の意識のほうなんだよ！　氷が溶けるってことはつまり、恐怖を抱えていた『錯覚の自分』が消えて、『創造主、神としての自分』が目覚めるってことなんだ」

その言葉は、藪内の質問に答えるというよりも、白井が自分自身に言い聞かせているように見えた。白井はおもむろに藪内の手を取ると、両の手でしっかりと握り、じっと目を見つめて言葉を続ける。

「僕たちは極楽飯店で、文字通り『一つ』になることができたんです。一つになることで生まれた『神としての自分』が、願いを叶えたんですよ！　それはつまり、僕の願いを、君が叶えてくれたってことなんだ！　ありがとう、ありがとう藪内君‼」

「ちょ、ちょっ…。白井さん！」

白井は、互いの鼻がぶつかるのではと思えるほど藪内に顔を近づけて力説したが、藪内は勘弁してくれと言わんばかりに身をよじらせている。

それを見た閻魔が、笑いながら暴走気味の白井をなだめてフォローに入った。

「そう、白井くんの言う通り。君たちは『一つ』になることで願望を実現したんだ」

閻魔の前には、五つの突起がある風船。その突起の一つ一つを氷の壁が塞いでいる。

「ねぇ藪っち。ちょっと、これまでの話を踏まえて考えてみてね。もし藪っちが願いを叶えたいと思ったら、その願いを源《ソース》に送らなきゃいけない。そのためには何が必要？」

「えっと…、だから、源《ソース》と俺の間にある氷を溶かさなきゃいけないんスよね」

「そう。つまり、思考と恐れから離れなきゃいけないってこと。君たちはここへ来る前に、すでにその答えを見つけたよね。《天国にあって地獄にないもの》っていう話、極楽飯店に入る直前に話してたでしょ？」

「え？」

「思考と恐れの対局にあるもの。それは、君たちが気づいた通り『信頼』なんだ。大いなる力にゆだねるということ。分離感が錯覚であることを受け入れる姿勢。奪い合うことではなく、与え合うことによって開かれる道。『個』という錯覚を手放したとき、君たちは源《ソース》のエネルギーと一体となって動き出すんだ。いいかい？」

すると、目の前に浮かぶ風船の突起の一つから、氷が消えた。

「この風船の中にある星を藪っちの『願い』だとするね。もし、その願いが源《ソース》に届いているとしたら、ほら。願いはすでに、藪っち（小さい風船）の中にはもうないでしょ？　逆に言えば、藪っちの中に願いがあるとするなら、それはまだ源《ソース》に届いていないってことなんだ」

「《願いは願いを手放した時に叶う》って言われると矛盾しているように思えるけど、こうしてみると矛盾していないでしょ？」

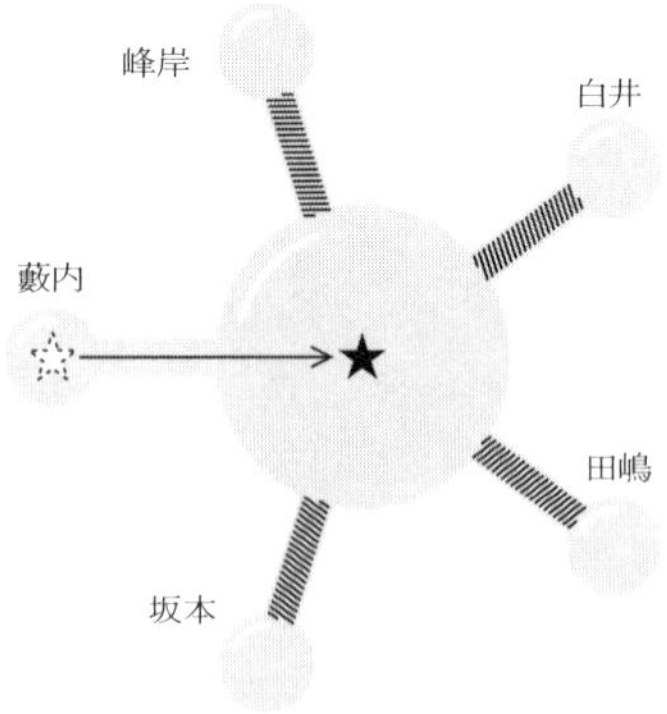

「はぁ…。なるほど」

「そしてね、もし源《ソース》に願いが届いたとしたら、そこからは神の仕事。『個』を超えた『全』の動きになっていくんだ」

「え？　なんスか、『個』を超えた『全』の動きって…」

藪内がそう訊くと、閻魔はおもむろに右手を差し出し、何かを求めるようにキョトンとしている藪内の前で、ひょいひょいと上下に動かす。

「え？　なに？　握手？」

藪内が手を握り返すと、閻魔はまた「難しく考えないで」と微笑みながら握手を続け、「ほら、これが『個を超える』ってことだよ」と付け加えた。

それでもまだ、藪内は納得することなく小首をかしげている。

「あ、なんつーか…、つまり『個を超える』ってのは、『仲良くする』ってことっスか？」

藪内が自信なさげに訊くと、閻魔はデカイ顔をふるふると横に振り、そうじゃないと告げる。

「個を超えるっていうのはね、『関係の消失』のことを言うんだよ」

「関係の消失？」

「そう、関係の消失、もしくは変化。『関係』っていうのはさ、二つ以上の物事が互いに関わり合うことを言うでしょ。つまり、そこには『自他』という概念があるってこと。分離のないところに『関係』は生まれない。分離がなくなると、同時に『関わり』の意味が覆ってしまうんだ」

「難しい話をされても、俺にはさっぱり…。それに、それと握手になんの繋がりがあるんスか？」

藪内は眉間に皺を寄せて肩をすくめる。

「ねぇ藪っち。君は今、手を握られている？　それとも握っている？」

「え？　どっちも…」

「うん、そうだよね。どっちも、なんだ。握手には『握られているだけ』という状態も『握っているだけ』という状態も存在しない。能動と受動が同居しているでしょ。その時、与える者は与えられる者になる。『他』がなくなることによって、全てがダイレクトに自分に返るんだ。君たちは壁を取り去り、文字通り一つになることによって『神』となり、互いに与え合うことを選択したんだ」

そしてまた、あの風船が宙を舞う。よく見ると、いつの間にか中の氷が消えていた。

「君たちの間に壁がなくなったとき、あらゆる願いはスムーズに叶えられる。皆がみな、神として、与える者として動き出す。藪っちの願いが源《ソース》に届くと、源《ソース》が司令塔となって、その願いを具現化してくれるもののところへと運ばれる。

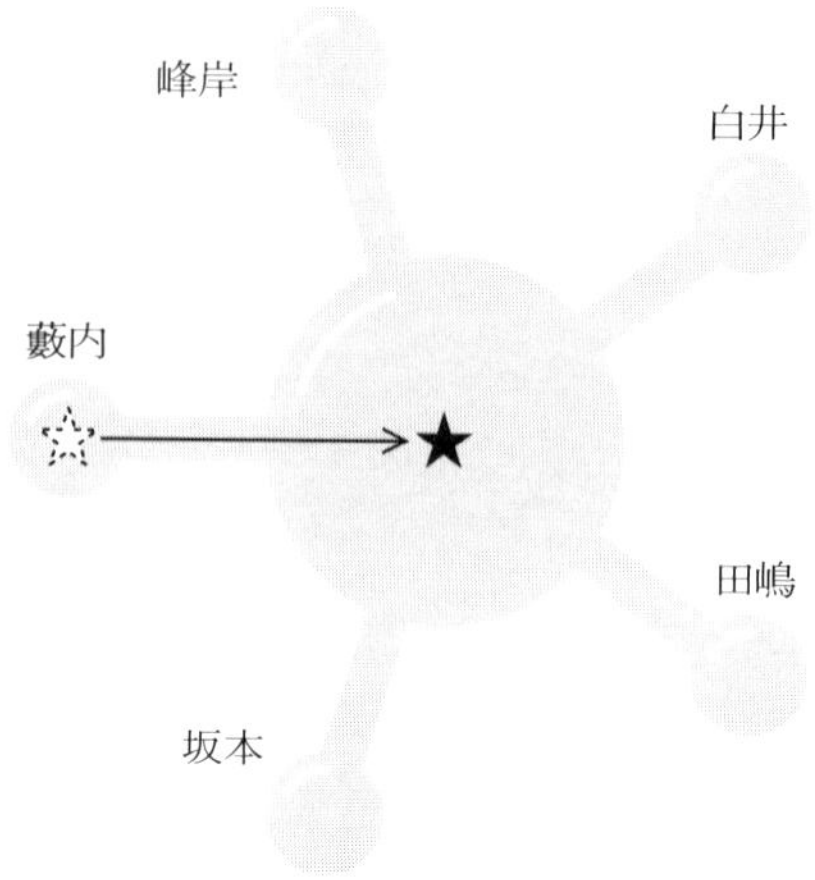
峰岸
白井
藪内
田嶋
坂本

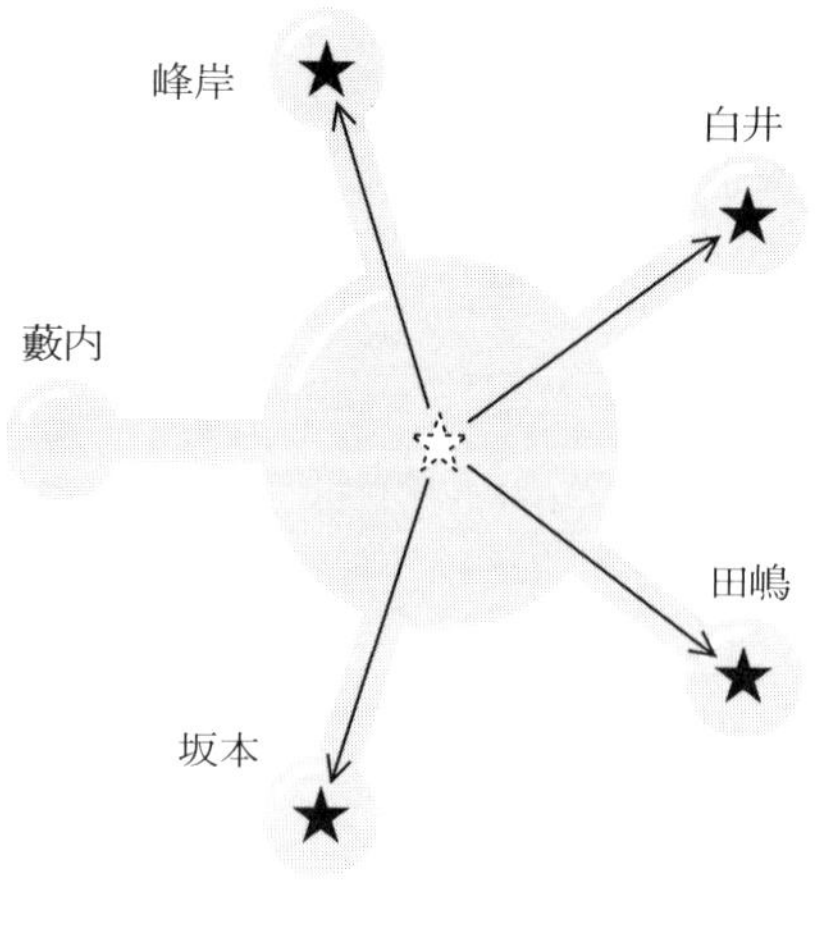
峰岸
白井
藪内
田嶋
坂本

藪っちの願いが、一つとなった他四人の元に届く。そして、藪っちの願いを受け入れたみんなが、藪っちの願いを叶えてくれる。『個』から発せられた願いは『個』を超えて、『全』の力によって叶えられるんだ」

「あの……。僕が『藪内君の願いなど叶えたくない』と思っていたら、どうなるんです？」

あくまで仮の話、本心ではないと前置きして田嶋が訊いた。

「簡単な話だよ。君が拒否するなら、そこに壁ができて源《ソース》からの流れは遮断される。エネルギーは、受け入れてくれるところに行くだけだよ。ただその場合、壁があるワケだから、当然のことながら君の願いは源《ソース》に届かない状態になっているからね。自分で作った壁によってできた、分離という錯覚の中で生きることになる。

握手は、仲直りや協力、信頼や友好、喜びを表す挨拶でしょ。心を開いて一つになる意思表示。そこにはもう、恐れも思考もいらない。互いに与え合うことができるということを知れば、欠乏を恐れることもない。そこで初めて『個』を超える扉を見いだせる。その象徴が、君たちが来たこの極楽飯店なんだ」

その答えに納得した田嶋が静かに頷くと、それを合図に、これまで何もなかった無機質な壁がスクリーンと化し、いままでの話が綺麗に綴られていく。それを指差しながら音読していく閻魔は教師のように見えた。

その光景を学校の授業と重ね合わせたのは俺だけではないようで、「こういう内容なら、もう少しは勉強したかも」と藪内が苦笑いを浮かべていた。

1、求めよ、さらば与えられん。（願うことから始まる）
2、具現化するためのエネルギーは源《ソース》にある。願いはそこへ送ること。
3、願いを源《ソース》へ送るには、その間にある詰まり（思考と恐れで構成された「カルマ」）をなくさなければならない。※ただし、多くの願いにはすでに恐れが内包されている。
4、「願い続けている（願いがある）」という状態は、願いが源《ソース》に届いていない証。願いは、願いを手放したとき（源へ届いた際）に叶う。
5、詰まりは、思考と恐れを手放すこと（源《ソース》に対する絶対的な信頼）によって消滅する。
6、源《ソース》に届いた願いは、「与える者」を担う場へと分散される。

《願う↓手放す↓源に届く↓具現化が始まる》

そして閻魔は振り返り「これで終わりじゃないんだ」と意味深に微笑む。

《↓受け取る》

「願いが源《ソース》に届きプレゼントが用意されたとしても、君たちは最後のこの段階でもつまずいちゃう。白井くんと藪っちは特にこの傾向が強いね」

「え、俺っスか?」

「私が、ですか?」突然の指摘に、白井と藪内がびくりとした。

「うん。自己卑下っていうのかな。自分の価値を自分で下げてしまっているんだ。『自信のなさ』が引力になって余計なカルマを引き寄せやすい傾向があるんだよ。そのカルマのせいで『私には受け取る資格がありません、私にはふさわしくありません』って、折角のプレゼントを受け取り拒否しちゃうんだ。折角だからカルマの中を見せてあげるよ」

すると、閻魔はどこからともなく虫眼鏡を取り出し、風船の中にある氷に重ねた。

「名前や性別・年齢に職業・趣味嗜好《しこう》などといった『自分』の定義(他者との違い)や、善悪基準や価値観、罪悪感、劣等感や優越感、また『自分以外』に対する意味づけなど、ありとあらゆる観念がカルマの元になっちゃうんだ。その観念が固定化されていくと錯覚が増して、いよいよカルマ自体が意志を持って主導権を取ろうと働き出す。

『この詰まり(分離した自分)こそが私だ』と錯覚しているから、決して詰まりを手放そうとはしない。むしろ『分離した自分』という状態を守ろうと、より『個』を強化させることを選んでしまう。

『あなたより不幸な私』や『今まさに苦しんでいる私』なんていうのも、『個』を維持するための大切な材料になるんだ。そして、こうして生まれた源《ソース》との分離感の深さが、苦しみとして現れ『不幸』や『地獄』というバーチャルな世界を生むんだ」

「バーチャル？　不幸が、バーチャル？」

　納得できないと首をかしげる藪内に視線を合わせて閻魔は話を続けた。

「うん。それは、世界は一つだけじゃないってことなんだ。世界は人（分離した自己）の数だけ存在するんだよ。例えばね、『馬鹿』と言われて平気な人もいれば、深く傷ついちゃう人もいるでしょ。さっき話した通り、カルマは思考と恐れによって形成されてる。そして、その内容も人によって違うんだ。恐れの対象も、思考のクセも人それぞれ。それがポジティブなものでもネガティブなものでも、思い込みの強さは源《ソース》からの乖離《かいり》を生んでしまう。凝り固まった思考であればあるほど、壁が厚くなっちゃうんだ。その厚み（分離感の増幅と、それに伴う信頼の欠如）が、苦しみの深さと比例していくんだよ」

カルマを
構成している
モノとは…

「とにかく、君たちに何かを『願う』必要が生まれたのも、その『成就』を受け取れずにいるのも、ひとえに自分が神である自覚を見失ってしまったことが原因なんだ。自分を神として認めないその姿勢が、『天の王国にふさわしくない者』として自分を不幸に追いやるエネルギーになってしまっているんだ」

言葉が難しくてよくわからないと、熱弁を奮う閻魔をよそに藪内は煮え切らない表情を続けたままだ。

「あ…。なんかすいません。バカで」

微妙な間《ま》が漂う中、突き出した首をひょこひょこ上下させて藪内が謝る。

対する閻魔はといえば、そんなに難しいことを話しているつもりはないのだけどもと、こめかみに人差し指を当てていた。

いや、まぁ、確かに。どちらの気持ちもわからないではない。

藪内はもとよりメンバーは皆、閻魔はこの先どうするのかと次を待った。

「よし」閻魔が一人頷き手を打つと、「ならば」と藪内に問い掛ける。

「じゃあ今度は難しい言葉を使わずに話そう。ねぇ藪っち、もしいま君の右手の甲がかゆくなったらどうする？」

意図の見えない問いに、藪内は顎を突き出したままの姿勢で眉間に皺を寄せた。

「え？　いや、どうするもこうするも…、かゆかったら、かきますけど？」

どうやって？　と、さらに閻魔の問いが被さる。

すると藪内は、こうやって、と大げさに手を前に出し右手の甲を左手でかいて見せた。

「もしもだよ、君の右手と左手が独立して自意識を持っていたらどうなると思う？」

「え？」

「もし右手が藪っちで、左手がタクちゃんだったらどうなると思う？」

なるほど、右手は右手自身で自分をかくことができない。左手、もしくは他の部位などの助けがあって初めてかくことができる。が、もし身体の部位それそれが分離意識を持ち、それぞれが〝自分〟という感覚を保有していたとするなら厄介だ。

「個と全という言葉で話したかったのは、大雑把にはそういうことなんだ。決して難しい話じゃない」

その言葉に、ようやく藪内もうなずいた。

それを確認すると閻魔は「じゃ、そろそろもう一度あ

壁の厚さは、思い込みと恐れの強さに比例する。

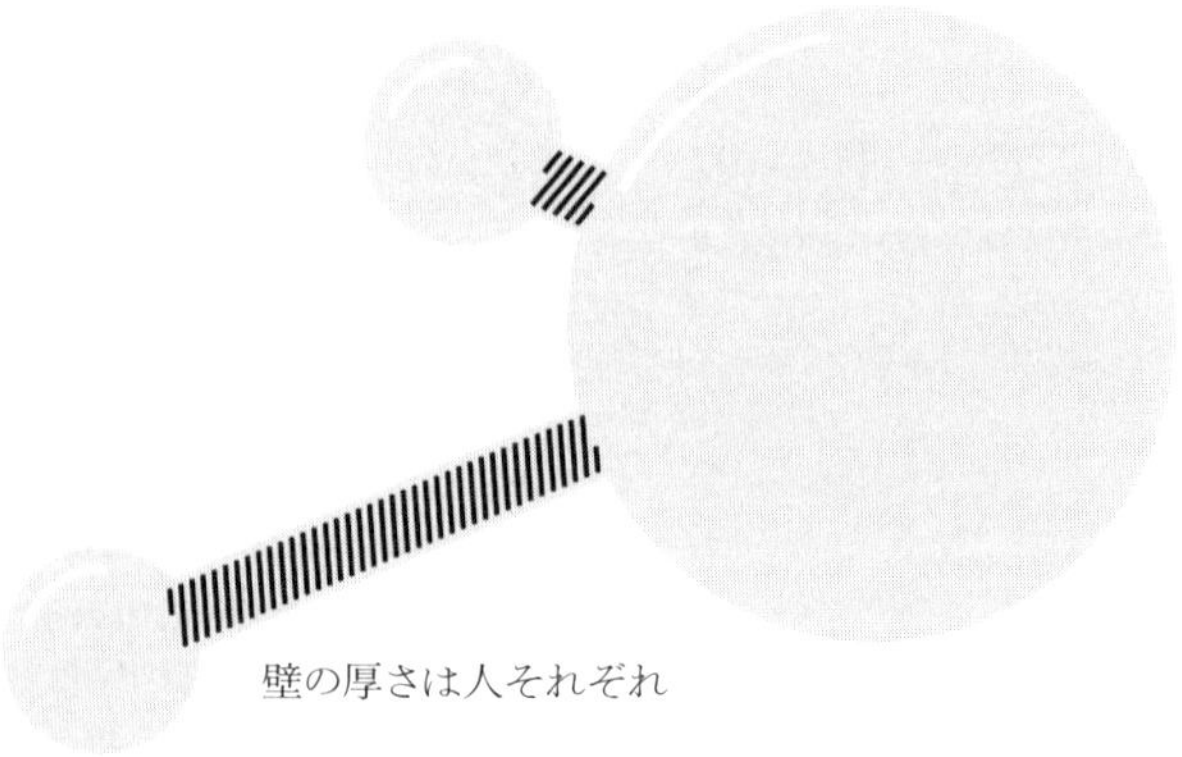

壁の厚さは人それぞれ

そこへ行ってみようか」と言いながら大きく手を振った。

「え？　どこ？」

「プリズムの向こうだよ」と、閻魔は光のドアを創り出した。

「やっぱりさ、言葉でアレコレ説明されるより、どっぷり体感しちゃったほうが早いでしょ。このドアを何度か往復したら、理解も深まるからさ」

「じゃあ、最初からそうしてくれれば良かったじゃないっスか」藪内がもっともな突っ込みをいれたが、「でもそれじゃ君たちが人間界に行ったときに、説明の仕方に困るでしょ」と軽くあしらわれた。

「こうしてこの部屋で話す以上に、人間界とのやりとりは厚い壁に阻まれているんだから。コミュニオンの体験だけじゃなく、コミュニケーションのほうも考慮に入れとかなきゃ」というのが閻魔の言い分ではあったが、それが本当かどうかは俺たちにはまだわからない。

とにかく俺たちは、その後も閻魔から聞かされる話と源《ソース》への往復を繰り返し、存在の全てが神（愛と同義）であること、苦悩は分離意識を発端とした錯覚によって生まれること等を学んだ。そして、

「うん。みんなもいい感じに繋がってきたみたいだね。じゃ、そろそろ行ってみようか。人間界に」

そう言うと閻魔は、風呂で使う桶とタオルをどこからともなく取り出して、俺たちに渡した。

首をかしげた。

……なぜ桶。なぜタオル。これで一体なにをしろと？　メンバーは渡された桶を手に、一様に
閻魔が手を叩くと、目の前にある壁が二つに割れ、ゆっくりと左右に開き出した。

パンッ、パンッ。

ガゴン……。

鈍い音と共に壁の動きが止まると、その先に明かりが灯る。上へと続く、長いエスカレーターが見えた。

「さぁ、みんな、ここを出るよ。ほら、乗って乗って」

閻魔が急《せ》かすように言う。

「これ、乗ったらどこに出るんスか？　そのまま人間界に？」

藪内がそう尋ねると、閻魔は首を横に振った。

「いや、そう慌てないで。その前にね、ちょっと寄らなきゃいけないところがあるんだ。君たちがこのまま人間界に向かっても、多分無事にたどり着くことはできない。街を出た瞬間、カルマに引きずられて転生が始まってしまう可能性が高いんだ。だから一度ダルマ・スプリングスへ行く必要がある」

「ダルマ・スプリングス？」坂本が訊き直した。

「そう、通称『カルマ流し温泉』さ。君たちに残っている未練の数々を洗い流してくれるとこ

ろだよ」

「それで、桶とタオル?」田嶋が手元の桶を見ながらつぶやいた。

「そういうこと。まずはほら、とりあえずここを出よう。後で詳しく話してあげるから」

第十章 辞令

閻魔の促すままエスカレーターに乗り、俺たちは上へと向かった。エスカレーターが上まで着くと、温泉旅館の脱衣場みたいなところに出た。壁にいくつもの棚があり、その中には衣類を入れておく籠が並べられている。

「どの籠を使っても構わないから」

閻魔に言われるがまま、俺たちはつなぎを脱いで籠に放り込む。桶片手に股間をタオルで隠した男が五人並ぶと会社の慰安旅行みたいだと白井が笑った。

「みんな用意できたね。じゃ、こっちこっち。あ、足元滑るから気をつけてね」

閻魔の手招きで先へと進む。ガラスの自動ドアを出ると、むんとした空気が漂う場所に出た。温泉と言うにはほど遠い雰囲気だが、確かに露天風呂っぽく見えなくもない。視界を妨げるほどの湯気が漂う岩場の中に、蓄光顔料のように鈍く光る青白いスライムのようなものがトロトロと湧き出していた。

時折水面がボコンっと泡立ち、ガスが漏れている。周囲には、わずかに緑茶のような匂いが感じられた。

「な、なんスかこれ…」

藪内がおっかなびっくり覗き込んだ。

「さっきも言ったでしょ、君たちのカルマを洗い流してくれるエネルギー体だよ。桶に取って、まずは足元にかけてごらん」

閻魔はいつもの軽い調子でそう言ったが、やってみるには少々勇気が必要だった。

よし、と自分に気合いを入れてタオルを腰に巻き付ける。桶をスライムの湧出口に入れ、どろりとした液体を取ってみた。グチョンという音を立てて糸を引くそれは、思った以上に重い。

ビチョリ。皆の注目を受ける中、恐る恐る足元にかけてみた。生温かい液体が、膝下を包み込むようにゆっくりと下降する。

「ふわぁぁ…」

気持ちよさに思わず変な声が漏れ、首筋がぞくりと痙攣《けいれん》した。

「うわぁ!!! み、峰岸さん、大丈夫っスか!」メンバーが後ずさりする。

何を騒いでいるのだろうと不思議に思ったが、その後自分の足元に目を向けたら、後ずさりの意味が理解できた。

スライムをかけた部分が、綺麗になくなっている。

「ゆ、幽霊みたいですね…」

田嶋が言った通り、膝から下が消えていて、浮いているように見える。

が、足がなくなったワケではなさそうだ。確かに見えないのだが、感覚はしっかりと残っている。その場で二、三度足踏みをしてみると、時折うっすらと足の輪郭が浮かび上がった。

映画の「プレデター」みたいな感じといえば伝わるだろうか。「なくなった」というより「透明になった」というほうが近い。

閻魔の表情を確認したら、よしよしとうなずいていた。次いで、もっとかぶれとジェスチャーしている。

再度スライムを桶に取り、今度は肩口からかぶってみた。先ほど同様、スライムのかかった部分が透明になってゆく。あらゆるものが溶けて流れていくような感覚が、とにかく気持ちいい。

三度目は、なんのためらいもなく頭からスライムをかぶっていた。

俺の様子を観察していたメンバーの視線はやがて空を舞い、「とうとう完全に消えた」と目を丸くした。

俺がすっかり透明になると、ゆっくりと坂本が近づいてきた。

「峰岸。おまえさん、今どこにいる。ここら辺か？」

暗闇の中で何かを探すかのように手を前に突き出し、右へ左へと揺れながらゆっくり歩みを進めてきた。

どうやら、俺に触れることができるかを確認したいみたいだ。

「ここだよ」

俺が声をかけると、坂本は身体をビクリと弾ませて視線を変えた。どうやら声は届くらしい。

若干怯《おび》え気味でいる坂本を見ていたら、俺のいたずら心に火がついた。坂本の後ろに回って背中を突っついてやろう、そう思って忍び足で坂本の背後に回った。

が、次の瞬間、驚いたのは俺のほうだった。

坂本に向けて突き出した俺の手は、彼の背中に触れることなく、そのまま素通りしてしまったのだ。

「お！」

驚きで俺が思わず声を上げると坂本は振り返り、そのまま俺の身体を通り過ぎた。

閻魔がケラケラ笑っていた。閻魔には、俺の姿が見えているということだろうか。

「タクちゃん、そこで自分の身体をハッキリ思い出してごらん。消えた身体に、色やカタチが戻っていくことをイメージするんだ」

閻魔に言われた通り、自分の身体を見下ろすように目線を下に向けながら、自分の身体に色とカタチが戻っていくことを想像する。

すると、身体の中心から煙が立ち上るようにモヤモヤと色が広がっていき、俺はスライムをかぶる前の姿を取り戻していた。

「おおーーー！」

俺の姿が見えるようになると、メンバーから歓声があがった。

坂本がその様子を観察しながら、ペチペチと俺の腕を触った。

「すっかり元通りだな」

皆が不思議そうに俺を眺めている中、次いで藪内が頭を指差しながら、慌てるように声を発した。

「峰岸さん、耳も、耳も元通りになってる！」

藪内が言う通り、足元の水たまりを覗いてみたら、そこには耳のある自分の顔が映っていた。

が、それほど高揚するモノではなかった。身体があろうがなかろうが、自分はカタチに依存せず、こうして存在しているのだという不思議な体験をした後ということもあるだろうか。耳があってもなくても、どっちでもいいやという気持ちだった。

もしかしたら、あのスライムが身体への執着さえも洗い流してしまったのかもしれないな。

と、そんなことを思っている中、閻魔が再度声をかけてきた。

「タクちゃん、今度はその身体を消すことを意図してごらん」

閻魔の指示に従えばどうなるか、今度はやる前から想像できた。身体を消すことを意図した途端、想像通り俺の身体は透明度を増していき、ついにはすっかり姿を消した。

それと同時に、源《ソース》の元に溶け込んだときに似た爽快感が身体いっぱいに広がる。……いや、今は身体はないんだったな。とにかく、気持ちがいいことこの上ない。

閻魔は俺に、繰り返し身体を現したり消したりすることを練習しろと言い、他のメンバーには俺同様スライムを身体に浴びるよう指示した。

俺が消えたり現れたりをしている中、白井、藪内、田嶋、坂本の順に〝おばけ化〟が進んでいく。

「あぁ～」とか「ふぅ～」とか、メンバーがスライムをかぶるたびに甘ったるい声が聞こえてきた。

これもまた不思議なことに、スライムをかぶった者同士だと、姿を消しても相手の様子がよくわかった。肉眼でカタチを捉えるのとはだいぶ違う。ハッキリとしたカタチはないのだが、「気配」がそのまま「像」として感じられるのだ。

半透明になってゆらめく俺たちが、しばし「おばけ演習」を楽しんでいると、閻魔はニヤリと口角を上げた。

「うん。みんな上手になってきたね。じゃあ、次のステップ。浮遊と変身にチャレンジしよう」

「さて、」と閻魔が身を乗り出し、話を続けようとしたそのとき。左半身が半透明になったままの坂本が「ちょっといいか？」と閻魔に声をかけた。

「こうして姿を消したりすることも面白いし、浮遊や変身てのも確かに興味深いんだが…。これじゃあホントにオバケか幽霊だ。まるで人を脅かすための練習をしてるみたいじゃないか。こんなことを習得して一体なんの意味があると言うんだね？」

「これはね、人間とコミュニケーションするための練習なんだ」

「人間とのコミュニケーション？」

人間とのやりとりに、なぜそんな練習が必要なのかと坂本がさらに訊いた。

「君たちが肉体を離れるずっと前から僕は君たちを見守ってきたけど、その間君たちは僕の姿を見たことはないでしょ？　多分、この声も聞き覚えがないと思うんだ」

メンバーは互いに顔を見合わせ、確かに見覚えも聞き覚えもないと一様に頷いた。

「この次元の存在形態は人間界とまるで違うから、僕が声をかけてもなかなか気づいてもらえない。霊と肉体の周波数に違いがあるから、直接コミュニケーションを取るということは、なかなか難しいものなんだ。だから、詰まりが消えているわずかなタイミングを見計らってメッセージを送る工夫をする必要があるんだ」

「工夫？」今度は田嶋が訊いた。

「人間には人それぞれ個性があるよね、僕たちはその個性に合わせて、コンタクトの取り方を模索している。人間の個性や気質は、どんなカルマを保持しているかで違いが現れる。それは、言い方を換えれば、源《ソース》との分離を生む『壁の違い』と言ってもいい。僕たちはその壁の薄いところやわずかな隙間をぬってコンタクトを図っているんだ。僕たちがうまく接触することができれば、人間はそれを様々なインスピレーションとして感じ取ることができる。ある人はビジュアルとして、またある人は音楽や言葉として受信する」

閻魔はそう言うと、クルリと身を翻して宙に舞い、その身体から緑色の閃光を放った。俺たちの頭上高くに飛んだ閻魔はその閃光を四方八方へ飛ばしながら、間もなくストンと着地を決めた。が、その着地点に立っていたのは見慣れた緑色の怪物ではない。セーラー服をまとったグラマーな少女だった。

どこかで見たことがあるような気がすると、坂本が眉間に指を当てている横で、田嶋が目と口を限界まで広げていた。

「ああ！　田嶋くんのスケッチブックに描かれていた女の子だ！」

いち早く気づいた白井が手を叩いて笑った。

「うん、そういうことだよ。田嶋くんが以前から描き続けてきたオリジナルキャラクターはほら、僕の姿さ」

聞き慣れた閻魔の声が、セーラー服の少女の口から発せられた。

「カルマの壁に隙間があれば、そこを通って何かを送れる。田嶋くんの場合は『ビジュアル層』にその隙間があったんだ。だから僕は、いろいろなビジュアルを通して君にメッセージ（インスピレーション）を送ることが多かったんだよ」

そして少女（閻魔）は説明を続け、変身は映像的なメッセージを送るため、姿を透明にするのはカルマの壁が厚い場合に、そこをすり抜けられる状態に変化する必要があるからなのだと話してくれた。

閻魔はセーラー服姿のまま、近場にあった岩にチョコンと座って話を続けた。

「そういうふうに、僕たちはあえて言葉やビジュアルに加工し直してメッセージを送ることがある。純粋なソースエネルギーよりも、そうやって一度加工したもののほうが受け取ってもらいやすいからそうするんだけど、それには弊害もある。表現という『制限』が生まれてしまうため、誤解も生まれやすいんだ。メッセージが歪んで届いてしまう」

「じゃ、誤解が生まれないようにするには?」白井が訊いた。

「言葉やビジュアルなどに変換することなく、エネルギーそのものを送る。みんなにも経験があると思うよ。『なんの理由もなく、ただ気づいたらそうしていた』ということが。なんとなくテレビのチャンネルを変えたとか、意味もなくいつもと違う道を通ってみたくなったとか、それまで意識したこともなかった電柱の貼り紙に目がいったとか、理想のタイプとはまるで違う女性にひとめ惚れした、とかね。でも、エネルギーの純度が高ければ高いほど、それが自然になじんでしまうから『インスピレーション』と言えるような自覚にはならない。それがメッセージだと気づいてもらえないんだ」

逆に、メッセージに気づいてもらうために、(言葉やビジュアルなどに変換するなど)一度エネルギーに手を加えると、今度は誤解される可能性が生まれる。

どちらにせよ、カルマの壁が厚い(分離意識の強い)人間とコンタクトを取るのは一筋縄ではいかないのだと閻魔は説明した。

それに、人間の多くは、どんなに的確なメッセージを送られたとしても、その意味を自分の固定観念（狭い枠組み）の中で理解しようとする。だからこそ、自分の思考を超えたモノを素直に感じ取れないのだ、とも。

「これから君たちが人間界に伝えていくメッセージは、自我を手放すことによって初めて触れることができる次元のこと、いわば『自我の死』の先にある次元のことでしょ。っていうことはつまり、これまで大切に築き上げてきた『自分』というパーソナリティーを丸ごと奪われるという、自我にとってはこれ以上ないぐらい不都合な話なんだ。だからこそ、自我はその話に決して耳を貸そうとはしてくれない。そのメッセージ内容を巧妙に書き換え、逆に『自我の存続』に役立てようとする」

そして閻魔は俺たちに、これまでの物事の認識方法を客観的に振り返ってみよと告げた。

「ある物事が目の前に現れたとき、そのままを把握することではなく、『どのように把握したいか』という姿勢が先にあって、その姿勢によって自分が見たいように見、聞きたいように聞く。つまり、自我の都合に合わせて物事を歪めて解釈していたってことなんだ。そうやって見たくないモノ、聞きたくないモノから目を背けさせるのが、自我の防衛術。だからこそ、話が本質に近づくにつれて、そのメッセージは通じなくなっていく」

「それでは結局話が通じないままじゃないですか。そんな状況の中で、私たちに何ができるというんです？」白井の声は、ますます熱を帯びていた。

「どうするかは僕たち次第さ。決められた道はない。聞く耳を持つ気になってくれるまで徹底的に関与せず、じっと見守り続けるも良し、ちょっとしたタイミングも見逃さず、気づいてくれるまで繰り返しメッセージを伝え続けるも良し。まぁ、どちらにせよ地道なことには変わりないね」

閻魔はそう言い終わるとその身をドロリと変形させ、あっという間に元の緑色の化け物になった。そして、何かを思い出したように話を続ける。

「あ、そうそう。この話もしておかなきゃね。さっきダルマ・スプリングスでカルマを流した理由は、君たちをオバケにするためだけじゃない、もっと大切な理由があるんだ」

「もっと大切な理由？　もしかしたら、さっき転生がどうのこうのって言ってたことですか？」藪内が訊いた。

「うん、その通り。よく覚えてたね。余計なカルマが残ってると、人間界に行き着く前に輪廻《りんね》に巻き込まれる可能性があるんだ」

「輪廻に巻き込まれる？　そりゃ、どういうことだ？」

坂本の声が聞こえたが、姿は見えない。

「輪廻転生は、死後に持ち越されたカルマ、もっとわかりやすく言えば『未練』によって引き起こされるんだ。でもそれは、未練の『持ち主』が新たな肉体を得るってことじゃない。『持ち主』っていうのは、カルマの壁があるときだけ存在しているように見える錯覚だからね。

輪廻転生は、未練の『持ち主』が継続するんじゃなくて、未練（カルマ）の側が新たな『持ち主』を作るんだ」

「んん？」眉間に皺を寄せた坂本が、よくわからんと言いながら姿を現した。

「ゲームのコンテニューみたいなものだと思えばいいよ。ゲームオーバー（死）を迎えた後、コンテニュー（転生）を選択する理由は、ゲーム（人生）に対する『もっと遊びたい・もっと上手にプレイしたい・他の謎も解いてみたい・もう一度同じ試練にチャレンジしてみたい・別のステージを経験したい』などといった未練、執着だ。ゲームの世界に登場した『キャラクター』がコンテニューを望んでいるワケじゃないでしょ。それを望むのは『プレイヤー』。それをもっと突き詰めればプレイヤーに残る『未練』だ。だから、徹底的に遊び尽くすとか、ゲームに飽きるとか、そういった状況がない限り、コンテニューはひたすら続いてしまう。カルマが、カルマの存続のために新たな自我を作り出し、輪廻し続けるんだ」

閻魔がそう言い終わり、チラリと藪内と目が合うと、藪内はハッとした表情を浮かべてスライムの噴き出し口へ向かった。

「お、俺、もう一回かぶってきますっ！」

「アハハハ！　もう大丈夫だって！　それよりもほら、浮遊と変身の練習を始めよう」

閻魔は藪内を呼び戻してから浮遊術と変身術の講義を始めた。

その講義は決して難しいものではなかった。閻魔曰く、スライムをかぶりさえすれば誰でもできることらしい。

「できる」と思えればできるし、「できない」と思えばできない。

講義内容はそれだけのことだった。

が、しかし。「やってみて」と言われ、実際にやってみると、その単純なことが、思いのほか難しい。「意図しろ」と言われても、何をどう意図すればいいのか掴めないのだ。

自分が浮遊する、何かに変身することをイメージしようとは思っているのだが、そのイメージがいまいち定まらない。

悪戦苦闘している俺たちを見て、閻魔はこうアドバイスした。

「じゃあさ、浮遊はちょっと置いといて、変身からやってみよう。いきなり別物になるのは難しいだろうから…、最初は着替えをしてみようよ。一度姿を消してから、服を着た状態の自分をイメージしながら姿を現すんだ」

そのアドバイスに沿って、まずは坂本が姿を消し、しばらくして、ゆっくりとその姿が現れる。宿舎の会議室で初めて坂本を見たときに着ていた、あの仰々しい袈裟《けさ》をまとっていた。

「おおっ、できた！」

衣の袖を振りながら、坂本は嬉しそうにメンバーを見回した。なるほど、見慣れた自分の姿ならイメージしやすい。坂本にならって、俺はダブルのスーツ姿になってみた。

続いて白井がポロシャツとチノパン姿に、藪内が白いTシャツとジーパン姿になって現れた。

田嶋は…、これはたしか「連邦軍」。昔流行《はや》ったロボットアニメの制服姿になって、はしゃいでいた。

その後は、皆徐々にコツを掴み、人相や体型、性別なども変えられるようになった。

中でも田嶋は飲み込みが早く、魔法使いの女の子みたいになってみたり、ジェダイの騎士になってみたりと、瞬く間に自分の姿をヒョイヒョイ変えては嬉々としている。

白井はその足元で、なぜか「ぶんぶく茶釜」の狸《たぬき》になっていた。


極楽飯店での食事を終えてから、どれほどの時間が経ったろうか。

その後も俺たちは浮遊や変身、また、人間界とのアクセス方法やカルマに巻き込まれないための防衛術、その他各種の規約（法律などが存在するわけではないが、それなりに避けねばならぬ注意事項等がいろいろある。閻魔曰く、人間界を混乱させないための配慮であるらしい）などをこってりとレクチャーされた。

それらのレッスンは、決して容易なモノばかりではなかった。

閻魔は俺たちが何かにつまずくたびに「人間以上に人間を理解しなければ、守護は務まらない」と言っていたが、一通りのレッスンを終えたいま、確かにその通りだと思っている。

藪内や俺は、特に勘違いしていた。

閻魔の説明を受けるまでは、「守護霊」という存在は、人間を様々な苦難や被害から守る役目のモノだと思っていた。しかし、実際は、まるで違っていた。

俺たちがこれからすることは、対象となる人間を守ることではなく、「いかにして、彼らが幻想世界にいることに気づかせることができるか」というものだった。

その視点に立てば、守ることばかりが人間にとっていいことではない。むしろ（彼らにとっては）災難だと思えることを突きつけることによって、より大きな気づきや理解が引き起こされる可能性があるだろう。

閻魔は言った。「いいかい？　君たちがこれから人間界に行って、彼らに伝えることは『苦難という名のハードルを乗り越える術《すべ》』じゃない。『そんなハードルなど、もともと存在などしていない』ということに気づいてもらうことなんだ」

無論、いまの俺たちなら、閻魔のその言葉の意味がよく理解できる。が、しかし。その言葉の指す本当の意味を、そのまま人間に伝えることの難しさも、同時に理解していた。

「君たちは、神や聖霊以上に人間のことがよくわかっている。何しろ、人間としての経験を終えたばかりの存在だからね。仮想世界にどっぷりと浸かっていた君たちだからこそできるアプローチがあるはずなんだ」

閻魔は、「期待してるよ」と添えてそう言った。

「実はね、人間がどれほど苦しんでいようと神は何もしてはくれない。それらが現実でないことを知っているからね。神々から見たら、あらゆることが『大丈夫、大丈夫』ってことになる。それでもやはり、仮想世界、人間の次元に立てば、そこには確実に苦悩が存在している。その間において、人間に働きかけるのが僕たちなんだ」

「いわゆる『菩薩行《ぼさつぎょう》』ってヤツだな」と、坂本が相づちを打った。

「うん、そういうこと。いいかい？　これから救うのは特定の人間じゃない。先日までの君たちと同じように、自分が何者かを見失ってしまった『僕たち自身』なんだ。彼らは、兄弟でも、友でも、家族でも、仲間でもない。僕たち自身だ。いいね？」

閻魔が最後の忠告を終えると、メンバーは静かに頷いた。

「じゃ、行こうか」

閻魔はそう言うと、その懐からおもむろに五通の封筒を取り出した。

「なんですか、その封筒？」

白井が訊くと、閻魔は「君たちの行き先だよ」と微笑んだ。

「藪っちは彼女の元に行くことになってたけど、君たちはまだ行き先を知らないだろ？」

閻魔はスックと背筋を伸ばして姿勢を正すと、表に「藪内翔吾」と書かれた封筒を開け、中から一枚の紙を取り出し読み上げた。

「辞令。藪内翔吾殿。あなたを、本日をもって聖霊隊日本支部第二十四班へ配属すると共に、佐倉美咲、および佐倉翔太の守護を任命する。以上」

「じ、辞令？」

田嶋が驚いている横で、その辞令は藪内の手に渡った。

「美咲はわかるけど、翔太って…。　！　それ、もしかして俺の子っスか？」

「まだお腹の中だけどね。どうやら彼女は君の名前から一字もらってその名にするらしい」

目に大粒の涙を溜め、グスンと鼻をすする藪内の肩をたたいてから、閻魔は続いて新たな封筒を開けた。

「辞令。田嶋智弥殿。あなたを、本日をもって聖霊隊日本支部第二十四班へ配属すると共に、添田正樹の守護を任命する。以上」

「誰だ、『そえだ』って」

田嶋が受け取った辞令を覗き込むように坂本が頭を寄せてきた。

「いや、誰でしょう…」

僕にもわからないと、田嶋が首をかしげた。

田嶋が閻魔に尋ねると、島根在住の高校生だと言う。その説明を受けてもなお、田嶋は添田正樹が何者なのか、なぜ彼の守護をするのかサッパリわからないと首をひねった。

「わからなくてもね、彼は君と非常に近いエネルギーを持ったソウルメイトなんだ。会ってみればわかるよ。まるで、これまでの自分自身を見ているように感じると思うよ」

閻魔は田嶋にそう告げると、辞令の読み上げを再開した。

「辞令。白井宗雄殿。あなたを、本日をもって聖霊隊日本支部第二十四班へ配属すると共に、大守健太郎の守護を任命する。以上」

「おおもり？　けんたろう？」

田嶋同様、白井も首をかしげた。閻魔は大守のことを長崎で菓子職人をしている者だと説明したが、やはり白井の知らない人物らしい。

「辞令。峰岸琢馬殿」

そして、俺の名が呼ばれた。

「本日をもって聖霊隊日本支部第二十四班へ配属すると共に、池上淳の守護を任命する。以上」

「なっ！　い、池上だって？」

俺が思わず声を上げると、閻魔はニヤリとして意味ありげな視線を送ってきた。

「そう。これから君が守護するのは、君を殺した、あの池上くんさ。タクちゃんは元ヤクザだからね、ヤクザの考えそうなことは手に取るようにわかるでしょ？　ね、適任適任」

そう言って笑う閻魔につられて、俺も思わず笑ってしまった。

なるほど。菩薩行とはそういうものか。「これから救うのは自分自身」、そう言った閻魔の言葉の意味がここに来てようやく理解できた。

俺と池上は、似たようなカルマを背負っている。そのカルマに、俺と池上という別な次元からアプローチをかけるのだ。これまで頑なに向き合うことを拒否してきたカルマに真っ向から向き合い、それを溶かしていかねばならない。

と、いうことは…。

田嶋や白井らが担当する、素性のわからぬお相手もまた、田嶋や白井にとっては厄介な存在になることだろう。

そして、閻魔が最後の封筒を開けた。

「辞令。坂本竹蔵殿。本日をもって聖霊隊日本支部第二十四班へ配属すると共に、黒沢一樹の守護を任命する。以上」

「黒沢…、いつき、…。う〜む、やはり知らんな。誰だそいつは？」

閻魔は北海道にいる広告クリエイターだと説明したが、坂本の追求はさらに続いた。

「なぜ私が、見ず知らずのこの者につかねばならないのかね？」

「あのね、その黒沢って子と坂もっちゃんは、同じ前世を持っているんだよ」

「同じ前世？」

「うん、同じ前世。まぁ、言ってしまえば僕も同じことなんだけどね。遣唐使の時代、日本（倭国）にある一人の僧侶がいたんだ。彼は勉強熱心で誠実、村民からの信頼も熱く、将来が期待されていた人だったんだ。その評判が広まって、ついには遣唐使のメンバーに抜擢され、中国から仏教経典の収集を仰せつかることになった」

「な、なんと！　最澄や空海と同じ時代じゃないか！」前かがみ気味で坂本は話に聞き入った。

「中国(唐)に向かう船が出航するその日、港には多くの村民が集まり、彼にたくさんの餞別《せんべつ》を贈った。飲料水や食料、薬など、村のみんなから本当に多くの期待と応援を受けて旅立ったんだ。だけど……」

「なにかあったんか？」

「その船の上で事件は起きた。原因不明の高熱に倒れる仲間が次々と現れ出したんだ。そんな中彼は、持ち前の優しさで倒れる仲間たちを必死で看病した。村の人たちが自分のためにくれた食料や薬も、全て仲間に分け与えてしまったんだ」

「そりゃあ、我ながらアッパレだ」

坂本は嬉しそうに膝を叩いた。

「でもね、その食料や薬が全て尽きてしまってから、今度は彼自身が病に倒れてしまうんだ。仲間が回復していく中、彼だけは衰弱していき、最終的には、唐(中国)に辿り着く前に船の上で絶命してしまう」

「なんだって⁉」

「たくさんの期待や応援を受けながらも、その使命を完遂できなかったそのことが、彼の大きな未練となった。その未練のエネルギーを受け継ぎ転生したのが、坂もっちゃんであり、黒沢くんだってことなんだ。つまり、黒沢くんを助けることによって、坂もっちゃん自身も同時に癒される」

「ふ〜む…」

坂本は顎に手を当て、神妙な面持ちで何かを考えていた。

全ての辞令が渡されると、閻魔は腕をグルグルと回し出し、空中に大きな額縁のような光の輪を作り出した。

「さて、そういうことで、いよいよ人間界に行くよ。彼らに源《ソース》エネルギー、たくさんの愛を届けよう。あっ、そうだ！ せっかくだから、このことを一番最初に届けるメッセージにしてみよう。『愛（ソースエネルギー）は世界を救う』、このことを君たちならどうやって伝える？ それを思いついたら、このゲートをくぐって。この入り口は、そのまま人間界に繋がってるから。いまはちょうど…、日本では深夜二時だ。君たちの送るエネルギーは、彼らの睡眠を通じて届くだろう。じゃあ、僕は先に行って君たちを待ってるからね、用意ができたら、僕についてきて」

そう言い残して、閻魔はゲートの中へ消えていった。

これまでのレッスンの最終試験とでも言うべき投げかけが閻魔からなされると、まず初めに田嶋が大きなハート型に化けた。真っ赤に脈打つそのハートには、地球の大陸が刻まれている。

そして、その大きなハートは、吸い込まれるように光の輪の中へ消えていった。

続いて白井が姿を消した。空間に溶け込み、そのままゲートに入っていった。エネルギーそのものを通じて「愛は世界を救う」という波動を声として送っている。

二人がゲートをくぐるのを見届けると、スカジャン姿の藪内が口を一文字に結んで立ち尽くしていた。多分、生前の姿そのままでゲートをくぐるつもりなのだろう。

一歩後ずさりしてから、弾みをつけるように駆け出すと、「やっ！」っとかけ声を上げて頭から輪の中に入っていった。

坂本は、再度辞令書を眺めてから、ボワンと煙に巻かれてTシャツ姿になった。

「どうだ？　似合うかね？」

坂本は少し照れくさそうに振り向いて俺に姿を見せると、黄色いTシャツの胸元を指差した。

そこには、大きく「24」とプリントされている。

「『24時間テレビ』のTシャツって、たしかこんな感じだったよな？　ほら、『愛は地球を救う』ってヤツだよ」

「ん？　閻魔は『愛は〝世界〟を救う』って言ってなかったか？」

俺がそう言うと、坂本は「そうだったか？」ととぼけた顔をしたまま俺に手を振り、「じゃ、あとでな」と言い残してゲートへ入った。

あとは俺一人。

さて、池上の枕元にどんなふうにメッセージを伝えてやろうか。しばし考えたが、ピンとくるものがない。

閻魔の課題からはずれることになってしまうが、まぁいいだろう。俺も藪内同様、生前の姿のままヤツのところに行くことに決めた。

「あはは。俺に会ったら、どんな顔しやがるかな。池上のやつ」

俺は笑いをこらえながらゲートに飛び込んだ。

この作品は、雲黒斎ブログ
「もっとあの世に聞いた、この世の仕組み」
(http://blog.goo.ne.jp/namagusabose/)
に連載していた「極楽飯店」に加筆し、
再編集したものです。

雲黒斎（うん・こくさい）
1973年、北海道生まれ。グラフィックデザイナーを経て札幌の広告代理店に入社。2004年、セロトニン欠乏による記憶障害をきっかけに、突然、黄色いTシャツ姿の守護霊とのコンタクトが始まる。その経験をもとに始めたブログ「あの世に聞いた、この世の仕組み」がネットで大きな話題に。2010年、ブログと同名の著書を発表。現在は東京を拠点に、全国で講演活動を続けている。

極楽飯店

2013年3月3日　初版第一刷発行
2022年6月6日　第五刷発行

著者　雲黒斎
発行人　下山明子
発行所　株式会社小学館
〒101-8001
東京都千代田区一ツ橋2-3-1
電話　03（3230）4265（編集）
03（5281）3555（販売）
印刷所　大日本印刷株式会社
製本所　牧製本印刷株式会社

 ISBN978-4-09-386339-1